봄의 이름으로

Pour un herbier

Sidonie-Gabrielle Colette

Colette

봄의 이름으로

시도니 가브리엘 콜레트 | 라울 뒤피 그림
위효정 옮김

Pour un herbier

문예출판사

추천의 글

이 책을 읽다 보면 지금 당장 벌떡 일어나 얼른 꽃을 사거나, 심거나, 보러 나가야겠다는 생각이 든다. 꽃이 없는 삶은 상상할 수도 없다는 생각에, 내 마음은 설렘으로 한껏 부풀어 오른다. 꽃무늬 블라우스, 꽃무늬 치마, 꽃무늬 손수건을 사랑하는 엄마를 '촌스럽다'고 생각했던 것이 새삼 미안해진다. 사실은 내 안에도 꽃을 향한 불타는 사랑이 숨겨져 있음을 깨닫게 된다. 이 책을 읽을 때마다 나는 아직 아름다운 세상에 대한 사랑을 회복할 것만 같다. 꽃과 꽃을 사랑하는 인간에 대한 풍요롭고 충만한 묘사로 가득한 이 책은 가히 '꽃에 대한 바이블'이라고 할 만하다. 콜레트의 치열한 묘사와 라울 뒤피의 사랑스러운 그림이 어우러진 이 책은 '삶에 대한 사랑'을 회복하는 에너지를 뿜어낸다. 나는 이 책을 읽으며 깨닫는다. 꽃에 대한 사랑은 곧 세상에 대한 사랑임을. 꽃에 대한 사랑은 곧 삶에 대한 사랑, 사랑에 대한 사랑, 그리고 일어날지도 모르는 모든 신비와 기적에 대한 사랑임을.

정여울 작가

《데미안 프로젝트》 저자
KBS 정여울의 도서관 진행자

《봄의 이름으로》 속 식물들은 마치 소설에 등장하는 인물들처럼 느껴진다. 당장 우리 앞에 나타난다고 해도 이상하지 않을 정도로 생생하지만, 다소 독특하고 당혹스럽고 그리하여 매혹적인 인물들. 장미는 흠집 하나 없는 살결을 가진 옛 애인이 되고, 등나무는 적의 목을 조르는 고집스러운 폭군이, 양귀비는 나른한 졸음이 쏟아지게 만드는 악마가 된다. 콜레트는 때로는 소설의 무심한 서술자처럼 식물을 묘사하고 사건을 진행한다. 하지만 때로는 식물에게 말을 걸고 다정하게 외치고 또 되묻는다. 중독적인 악취를 풍기는 작약과 세상을 떠난 강아지를 떠올리게 만드는 금잔화, 쪽빛을 반사하는 바다수선화는 라울 뒤피의 삽화를 통해 그 표정을 드러낸다. 만지면 바로 손이 닿을 것만 같은 뚜렷한 감촉을 가진 얼굴. 그러나 막상 시간이 지난 후 떠올리면 흐릿하고 모호한 인상으로 남을 얼굴. 식물들의 입체적인 얼굴은 라울 뒤피의 감각적인 삽화를 거쳐 살아난다. 그리하여 식물의 표정을 섬세하게 포착하는 콜레트의 글은 단순한 서술을 넘어 식물들을 향한 편지가 된다. 그것도 시시콜콜한 일상과 프랑스에서의 삶과 어린 시절의 추억이 담긴 아름다운 연애편지가. 그 편지를 훔쳐보는 우리는 '장미'라는 단어를 꽃에 대한 보통명사가 아니라 콜레트가 호명하는 어떤 사람의 고유한 이름으로 읽게 된다. 언뜻 보고 지나치는 길가의 식물이 아니라 누군가의 열렬한 시선을 받는 한 사람의 이름으로 말이다.

유선혜 시인

《사랑과 멸종을 바꿔 읽어보십시오》 저자

차례

일러두기

· 본문의 주는 모두 옮긴이 주다.
· 1951년판에서 별지나 속표지에 있던 그림 두 점은 본문 49페이지, 147페이지에 넣었다.
그 외 그림은 1951년판의 위치와 순서를 따랐다.
· 인지명은 국립국어원의 외래어 표기법을 따르며 규범 표기 미확정인 경우는
원어 발음에 가깝게 표기했다.

장미

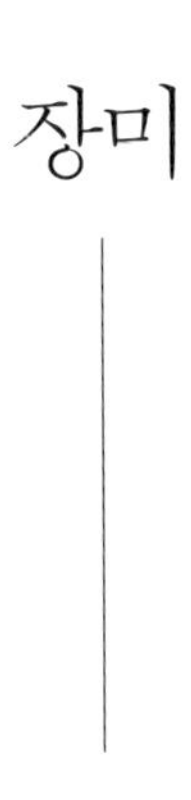

La Rose

계절의 선두 주자는 아니다, 천만에. 우리의 으슬으슬한 기후는 그보다 먼저 제비꽃, 부활절 앵초, 수선화, 양지꽃, 노루귀, 물가의 노란 붓꽃을 일으켜 세운다……. 우리한테 열대 지방 귀신, 아니면 미친 프로방스 지방의 귀신이 들린 게 아닐까, 1월부터 집에 장미가 피어 있기를 바라다니?

하여간 우리는 단단히 취해 있어서 나도 그 이름의 첫 글자를 대문자로 쓰게 될 정도다. 지난 전쟁*이 장미를 송아지 간이나 파인애플에 맞먹는 금값으로 만들어놓아서

* 이 글은 1948년에 집필되었다. 따라서 여기서 말하는 최근의 전쟁은 제2차 세계대전을 가리킨다.

더 그렇다.

"이 장미 얼마예요?"

한 부인이 꽃집 문간에서 머리를 갸웃 내밀며 소심하게 물었다. 대답이 나오기도 전에 부인은 손으로 귀를 막고 "아니, 말하지 마세요!" 하더니 급히 멀어져 갔다. 그럴 만도 했다, 장미들로 가게가 빛을 뿜고 있었으니까. 입술, 뺨, 가슴, 배꼽, 형언할 수 없는 서릿빛 젤로 코팅된 살결, 비행기를 타고 온 그 장미들이 도도한 줄기 끝에 몸을 세우고 복숭아 냄새를, 홍차 냄새를, 심지어는 장미 냄새를 풍겼다……. 다가갈 수 없는 장미들. 장미야, 너를 사랑하던 이들이 어디에서 만족을 구하겠니? 늙거나 밀려난 연인들이 늘 그렇듯, 너를 노래하는 것으로 만족한단다. 그들은 너를 유리창 너머로 바라다본다. 그들은 한숨짓는다. 그들은 탐욕스레 너를 뜯어볼 줄 알고, 네 형태에 대해, 이종 교배 때문에 한층 더 촘촘해진 똬리에 대해 말할 줄 안단다. 나처럼 그들도 네가 불완전하던 복된 시절을 그리워한다는 생각이 든다. 그 시절 우리는 신이 빚어놓은 모습 그대로의 너를 샀지. 이쪽은 약간 이지러지고 저쪽은 약간 그슬려

있던 너. 그런 다음 너를 단장하는 것은 우리 몫이었어. 물론 그슬리고 이지러진, 귓바퀴에는 황금빛 잔꽃무지를 감추고 있는 네 모습을 좋아하지 않을 때의 얘기지만 말이야. 네겐 잎사귀가 너무 많았고, 네 봉오리는 순무 같았고, 네 줄기엔 작은 달팽이가 한 마리 늘어져 있었고, 가시는 사나운 처녀만큼 많았어. 이제 너는 플로리스트가 족집게로 벼룩을 잡아주고 털을 뽑아주고 무당벌레며 개미를 떼어내주지, 바깥쪽 꽃잎 두세 겹과 함께.

얼룩 하나 흠집 하나 없는 미녀, 나는 네가 바가텔 공원이나 라이 공원*에 있을 때가 더 좋다. 저 6월의 어느 날, 나는 너를 볼 거야. 뜨겁고 서늘한 날, 바람이 회오리를 일으켜 너를 거덜내는 날. 그리하여 우리는 네가 그러고도 아낌없이 네 존재를 베풀 줄 안다고 생각하게 된단다. 거기서 나는 하릴없이 네 이름들을 읽을 테고, 신에게 감사하게도 그 즉시 잊겠지. 늙은 장군들이나 대기업가들이나 무슨 로비네 부인 등의 이름으로 치장해놓은 네 신상 기록으로 내가 뭘 하겠니? 에리오 각하**는 넘어가자, 그는 착실한 정원사의 행색과 능력을 갖추었으니까. 그래도 장미야, 네 이름을 짓는

* 파리의 바가텔 공원과 파리 근교의 라이-레-로즈는 모두 여러 종의 장미를 심어 꾸민 정원으로 유명하다.

** Édouard Herriot, 1872~1957. 제3공화국의 의장 및 제4공화국의 내각 회의 의장을 지냈다. 마담 에리오는 그의 부인에게 바쳐진 장미 품종으로 1940년대에 크게 유행했다.

데는 내 종교가 낫다. 나는 몰래 너를 주홍빛 죄, 살굿빛, 눈雪, 요정, 검은 미녀라고 부른단다. 들썩이는 님프의 엉덩이라든가, 퍽 이교도적인 이름을 경의의 표시로 바쳐도 찬란하게 받아내는 너!

내 창 아래, 물웅덩이와 멱감는 비둘기들과 브레상*식 커트를 한 잔디와 동글동글한 뭉치 모양으로 전지된 접시꽃 무리와 칸나 다발 사이에, 늙고 풍성한 장미 관목들이 있다. 연이은 전쟁에도 한파에도 죽지 않았다. 매해 어김없이 꽃이 피어나고, 다시 피어나고, 11월 전에 또 한 차례 피어난다. 포악하기로 유명한 1구의 아이들조차 그 앞에선 누그러진다.** 그 관목 중 하나는 야릇한 접붙이기의 결과로 반은 노랗고 반은 붉은 장미를 피워낸다. 유황빛 꽃을 피우는 다른 하나는 갑절에 곱절로 꽃을 피워내면서 가지 버팀목을 제 풍요로 짓누른다……. 풍요라…… 어떻게 말해야 할까……. 팔레루아얄의 그 장미들, 아낌없는 그 늙은 장미나무들에 대해 어떤 단어를 끌어내서 제네바 오비브 공원까지 보내야 할까, 나 역시 그 광휘에 싸여 넋을 잃고 바라다본 적이 있는 그곳에 한 마디 전언, 한

* Prosper Bressant, 1815~1886. 프랑스의 배우다. 브레상식 커트는 앞은 짧게, 뒤는 약간 더 길게 남겨 깎은 스타일이다.

** 1구는 파리의 최중심부에 위치하며, 팔레루아얄을 비롯해 유서 깊은 건물이 모여 있는 번화한 구역이다. 콜레트는 1938년부터 팔레루아얄 공원을 둘러싼 건물 중 하나의 2층으로 이사했고, 죽을 때까지 거기에서 살았다.

대목의 묘사가 닿아서 그 스위스의 장미 정원조차 질투에
사로잡히게 만들려면?* 어떤 에덴동산에서 너희에 값하는
꽃을 딸 수 있을까, 나는 너희를 비교할 대상을 찾아 헤맨다.
줄기 위 장미들, 달걀처럼 앙다물려 있는, 그러다 느닷없이
열리는 봉오리, 파리 중심가에서 분수에 갇힌 무지개가
깨우는 장미들…… 찾아낸 것 같다. 너희는 건널목지기의
작디작은 텃밭을 채우는, 정원사의 작은 집을 뒤덮는, 시골
여관의 벽을 얼기설기 타고 오르는 억수 같은 장미들, 그처럼
여기저기서, 또 다른 곳 사방에서 6월과 우연과 좋은 날씨의
만남이, 소녀의 고독이, 꿈꾸는 늙은 남자의 손과 그의
인자한 전지가위가 이뤄낸 장관으로 우리의 경탄을 자아내는
장미들과 거의 맞먹을 만큼 아름답다…….

* 콜레트에게 이 에세이를 제안한 메르모 출판사는 스위스 출판사였다.

백합

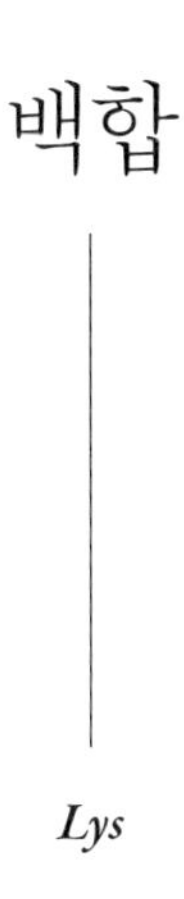

Lys

백합이여! 이 순진함으로 그대들 중 한 송이가 될까.

나는 의무적으로, 기계적으로 이렇게 읊조린다. 한 송이 백합 앞에서는 언제나, 아니 여러 송이 앞에서라도 마찬가지, 한 무리의 사람들이 극진한 문학적 애정을 담아 일제히 말라르메를 인용하는 목소리가 떠오른다.

백합이여! 이 순진함으로 그대들 중 한 송이가 될까.

나 혼자 있는 오늘도 딸아이가 가져다 놓은 백합 한 송이를 보고는 어김없이 외쳤다.

"백합이여! 이 순진함으로……."

그러나 감정이 실려 있지 않았다. 억양도 밋밋했다. 친구의 깃털 장식 모자나 귀걸이를 해볼 때처럼, 그러고는 주위 사람들의 얼굴에 떠오르는 당황스러운 기색을 마주할 때처럼 못내 불편했다. 다시 한번 시도해보고 싶다. 보다 나은 도약을 위해 좀 더 앞에서부터 시작하면 어떨까.

오래된 빛의 물결 아래 홀로 일어나,
백합이여! 이 순진함으로 그대들 중 한 송이가 될까.[*]

더는 억지 부리지 말자. 일찍이 클로드 드뷔시[**]의 음악이 확고한 영광을 안겨준 시에 경의를 표하려면 내가 지닌 것보다 더 깊은 예술이, 더 깊은 사랑이 필요할 터. 앙리 몽도르[***] 씨, 죄송합니다!

워낙 옛날 사람이다 보니, 나는 내 오래된 삶의 이런저런 세부에서 재미를 느끼곤 한다. 〈목신의 오후〉를 둘러싸고

* 스테판 말라르메, 〈목신의 오후〉, 36~37행(《목신의 오후》, 최윤경 옮김, 문예출판사, 2021, 86쪽).

** Claude Debussy, 1862~1918. 말라르메의 시를 바탕으로 교향시 〈목신의 오후에의 전주곡〉을 작곡했다.

*** Henri Mondor, 1885~1962. 뛰어난 외과의사이자 문학평론가였다. 콜레트는 몽도르에게 보내는 편지에서 그의 책 《말라르메의 생애》를 읽고서야 말라르메를 이해했다고 쓴다.

한편에서는 거부 반응이, 다른 한편에서는 품격 있는 이들의 열광이 일던 당시에 나는 이미 쥘 르메트르*가 대중에게 베를렌의 짤막한 시를 '설명'해주겠다고 자처하던 시대를 겪은 다음이었다. 아마 《르뷔 블뢰》에 실은 글에서였던 듯하다. 이렇게 시작하는 시다.

* Jules Lemaître, 1853~1914. 작가이자 문학비평가로 인상 비평의 대표자다. 1905년에 희곡 《화실 관리인》을 발표했다.

*희망은 외양간의 지푸라기 한 올처럼 반짝인다.***

** 1880년 《예지》에 실린 베를렌의 제목 없는 시 첫 행이다. 쥘 르메트르는 1888년 《르뷔 블뢰》에 게재된 〈폴 베를렌과 상징주의 및 퇴폐주의 시〉에서 베를렌 시학의 의도적인 모호함을 강조하며 해당 시를 산문으로 풀어썼다.

장차 《화실 관리인》을 쓰게 될 이가 떠맡은 그 뜬금없는 중개 작업엔 이해보다는 웃음을, 웃음보다는 조롱을 불러일으킬 소지가 많았던 걸 기억한다. 그가 말라르메에게도 똑같은 손길로 똑같은 무게를 얹었을까? 여기에 대해서는 딱히 들은 바가 없다. 다만 〈목신의 오후〉에 등장하는 삼인조 이교도를 둘러싼 벌떼 같은 웅웅거림을 감지했을 뿐이다. 그 시에서 관능적인 유희에 몸을 섞는 이들이 목신과 두 님프라고, 그러니까 뒤섞인 구성원이 홀수라고 논평자들이 강조했을 때 일어난 은은한 스캔들 말이다.

시인 말라르메를 개인적으로 사귄 적은 전혀 없다. 그의 단정한 수염과 보기 좋은 얼굴은 내 지척을 스쳐 지나갔다. 내 전남편 중 하나[*]를 거침없이 파문한 에릭 사티[**]와도 안면이 없다. 미장공들이 할 법한 거나한 잔치를 벌인 뒤 그 길로 마른강에 뛰어들고 그러다 냉수 쇼크로 죽지 않는 것을 영예로 삼았다던 모파상도 마찬가지. 칠 벗겨진 오연한 유물 같았다던 바르베 도르비이[***]도 만나보지 못했다……. 그래도 몇 년간, 그들의 친구는 아니라도 그들의 동시대인이 될 기회, 그나마 목격자라도 될 기회를 누렸다. 내게 인간의 얼굴에 대한 기억만큼 가치 있는 문서는 없다. 그 얼굴색을 끈질기게 기억한다, 틈을 내고 들어앉은 동공, 바퀴 모양으로 빛나는 홍채, 이마, 수염과 맨살, 입, 자꾸 쇠약해지던 입, 자기 시를 읊는 데 서툰 입, 하지만 나는 바로 그런 입에서 이 시구를 듣고 싶다.

백합이여! 이 순진함으로……

오늘의 조촐한 수다에 계기를 마련해준 그 백합이 지금

* 콜레트의 첫 남편 앙리 고티에 빌라르, 일명 '윌리'를 말한다.

** Erik Satie, 1866~1925. 미니멀리즘과 큐비즘 개념을 음악에 도입한 독창적인 작곡가다. 사티는 1895년 〈구세주 예수의 프랑스 교회 예술 성직록〉에서 윌리를 '파문'당한 음악평론가로 언급했고, 두 사람은 15년 가까이 공개서한으로 서로를 조롱하다가 1904년에는 주먹다짐에까지 이른다.

*** Jules Barbey d'Aurevilly, 1808~1889. 왕당파 가톨릭 보수 작가다. 《댄디즘과 조지 브러멀》에서 댄디를 정신적 귀족으로 규정했고, 자신 역시 가난하게 살면서도 품격 있는 차림과 오만한 태도를 고수한 것으로 유명하다.

내 벽난로 위에 꼿꼿이, 발을 물에 담근 채 서 있다. 꽃집 여주인은 자수용 가위로 노란 꽃가루가 묻어나는 조그만 망치들을 제거했고, 그것들이 없으니 백합은 깔끔하고 슬픈 불구가 되었다. 저 백합이 오기 전까지 겨우내 우리는 거금을 치러가며 초록 나리꽃을 구해다 놓곤 했다. 허다한 영국 신랑 신부들의 결합을 축복하는 꽃, 되바라지게 향기가 짙은 초록 나리꽃은 말로 하는 간청을 대신해 사랑을 밀쳐내는 처녀 총각에게 애원하기도 한다. 그 꽃에 관해 내가 아는 건 그게 다다, 나는 하얀 진짜 백합하고만 사귀어왔으니까. 진짜 백합이라니, 잘못된 생각이다. 알면서도 나는 하얀 백합을 진짜 백합이라 부른다. 희고, 탱탱하고, 조그만 발을 딛고 고고하게 솟는 이 꽃은 왕성한 번식력에서도 당해낼 꽃이 없다. 거의 언제나 긴가슴잎벌레가 들끓는다는 게 유감이긴 하다……. 긴가슴잎벌레란 빨간 키키 벌레다. 빨간 키키 벌레가 긴가슴잎벌레고. 키키 벌레를 손에 가두면 곧바로 앞날개를 비벼 가냘프게 애원하는 비명을 지른다. 키키는 뜰의 백합을 배설물로 더럽힐 때만 긴가슴잎벌레로 취급받는다.

진짜 백합이 으뜸으로 여기는 땅은 텃밭이다. 타라곤, 밭 가두리의 참소리쟁이, 자색 마늘 옆. 당근 모판, 착착 줄지어 심은 상추 옆자리, 그런 곳도 좋아라 한다. 어릴 적 살던 집*의 울타리 둘린 밭에서는 그 광채와 향기가 온 정원을 꽉 잡고 있었다. 밭에서 빨간 키키 벌레를 쫓고 있노라면 내 어머니 시도**가 집 안 앉은 자리에서 내게 소리치곤 했다.

"정원 문 좀 닫아, 그 백합들 때문에 거실에서 통 살 수가 없구나!"

그래서 어머니는 내가 꼴 베듯 백합에 낫질을 해도 된다고 허락했고, 나는 그렇게 베어낸 꽃을 예배 시간에 마리아의 제단에 가져다 놓았다. 협소한 교회는 후텁지근했고, 아이들은 저마다 꽃을 짊어지고 왔다. 천하무적의 백합 냄새가 짙어지면서 성가 시간을 방해했다. 신도 중 몇몇은 황급히 빠져나갔고, 몇몇은 고개를 숙이고 이상한 졸음에 꾀여 잠들었다. 그래도 제단 위에 선 동정녀 마리아 석고상은 아래를 향해 늘어뜨린 손가락으로, 한 송이 백합이 자기 발치에 방긋 벌려 들이댄 긴 악어 주둥이를 살짝 건드리며 너그럽게 미소 지어주었다.

* 콜레트가 나고 자란 집으로, 여러 정원과 넓은 채마밭이 딸려 있었다. 콜레트는 평생 이 집을 그리워했고 자신의 작품 곳곳에서 유년 시절의 낙원으로 이야기한다.

** 콜레트는 어머니 시도니 랑두아를 이렇게 불렀다.

치자나무의 독백

Monologue du gardénia

6시…… 적어도 흰색꽃담배의 주장은 그렇다. 하지만 흰색꽃담배는 곧잘 틀린다. 내가 6시라고 선언할 때 6시가 될 터. 그때에야 테라스가, 정원이, 온 우주가 내 향기로 숨이 막힐 것이다.

겨우 6시…… 이제 막 눈을 떴을 뿐, 나는 완전히 잠을 깨기까지 오래 걸리는 편이다. 나는 시간을 많이 들여 나의 확신과 각성을 선언한다. 그 확신과 각성이 캄캄하게 닫힌 밤부터 어두운 새벽, 동쪽 옆구리에서 갈색이며 주홍색으로

빼꼼히 상처가 벌어질 때까지 나의 치세를 보장해준다.

이제 다해가는 낮은 길었다. 낮이 이어지는 내내 나는 숨을 참았다, 황혼 녘에 내 주위로 고이는 숨결, 첫 비상에 나선 밤나방들을 비틀거리게 만드는 숨결을. 나는 잤다, 느슨하게 묶인 내 야들야들한 꽃잎들을 살짝, 밋밋하게 규칙적인 동백과 혼동되지 않을 만큼만 살짝 흐트러트린 채로. 한낮에 나는 잔다, 비밀스러운 냄새로 가득한 하얀 것이 자는 잠을. 인간을 동요시켜야 한다는 과업을 짊어진 우리 하얀 꽃들에게 한낮은 엉큼한 시간, 우리는 지루할 새가 없다. 그때 순진한 여자, 멋모르는 남자, 멍한 연인이 우리 꽃대 중 하나를 손톱으로 끊어 냉담한, 미나리아재비만큼이나 표정이 없는 우리 꽃을 머리채나 허리띠에 꽂는다. 거기서 나는 무색무취로 잔다. 하지만 선언의 시간이 되면, "6시다!", 나는 열렬한 무언의 웅변을 내뿜는다. 상상의 오렌지꽃, 한 시간 만에 성장한 느타리버섯이 숱한 영혼과 육체를 타락시키기 위해 내 안에서 결합하는 것 같다고들 하리라. 순진한 여자는 암염소로 변하고, 멍한 연인은 달아올라 몸을 숨기고(하지만

혼자 숨진 않는다!), 멋모르는 남자는 내가 그에게 가르치는
학문에 뛰어들고, 그리하여 둥근 지구는 또 한 번의 미친
밤을 보낸다.

6시다. 남아 있는 빛 속에서 내 꽃잎의 초록빛 띤
백색은 아직 얼마간 주위에서 어렴풋하게 서성대는 이들을
참아준다. 흰색꽃담배, 흐릿한 섬엄나무, 목서, 감미롭지만
늦장을 부리는 꼭두서니, 목련의 터무니없고 취약한
알들(스윈번의 "얼룩이라기엔 더없이 아름답다"*는 칭송이
목련의 살결을 두고 한 말은 아닌 게 확실하다!), 개오동나무의
가벼운 비, 달리 어쩔 수 없어 바닷물을 마시는 바다수선화,
거의 별 같은 빛을 발하는 재스민. 밤의 향기를 조출하게
내뿜는 이들을 나는 모두 내버려둔다, 나를 대적할 이
없음을 확신하기에……. 다만, 고백하건대, 경쟁자가 하나
있기는 하다. 그와 맞설 때 나는 고백 정도로 그치지 않고
물러서버릴 때도 있다. 남부 지방의 어떤 밤들엔 비가
예고되고 어떤 오후들엔 벼락이 열없이 그렁대는데, 그럴
때 형언할 수 없는 나의 경쟁자가 모습을 비추기만 해도 나,
부족할 것 없는 치자꽃은 즉시 나약해져 월하향 앞에 무릎을

* 앨저넌 찰스 스윈번의 장시 〈비너스 예찬〉의 첫 대목이다. "그녀는 자는가, 깨어 있는가? 그녀의 목에 너무 세게 한 키스의 얼룩이 아직 남아 있으니, 멍든 피로 맥박 뛰며 지워져 가는 그것은 (…) 얼룩이라기엔 더없이 아름답다."

끓고 만다.

월하향은 내게 전혀 고마워하지 않는다. 그런 기색이라곤 전혀 없다. 그의 신선함은 젊은 젖꼭지 같고 나의 신선함보다 더 단단하다. 월하향은 그 신선함을 남발하여 내가 못쓰게 늙어가고 있다고, 피어난 지 세 번째 날부터 이미 내 모습은 시냇물에 빠진 무도회 장갑 같다고 넌지시 꼬집는다.

난초

Orchidée

나는 뾰족한, 아주 뾰족한 작은 나막신 한 짝을 본다. 비취 같은 초록색 재질로 만들어졌고, 앞코에는 커다란 두 눈과 부리가 있는 야행성 새의 형상이 밤색으로 작디작게 그려져 있다. 나막신 안쪽에는 누군가가(대체 누가?) 밑창을 따라 지그시 수그러진 은색 풀 한 포기를 심어놓았다.
나막신 앞코 끝부분은 비어 있지 않다. 거기에 거울처럼 반짝이는, 유리처럼 영롱한, 야외에 맺히는 여느 이슬과 다른, 꽃집 주인들이 분무하는 인공 이슬과도 다른 액체를 어떤 손이(대체 누구의 손이?) 한 방울 떨궈놓았다. 내 충직한 시녀, 연필을 깎고 밤껍질을 벗기고 자청색 종이를 네모나게 자르고 검정 무를 동그랗게 써는 등 어떤 일거리도 마다하지 않는 내 만능 칼의 뾰족한 끄트머리로 나는 그 액체를 떠냈다. 투명하게 엉겨 있는 그 액체를 좀 더 알아보고자, 먹어봤다. 그러자 내 절친한 친구*는 못 말리겠다는 듯 두 팔을 들어 올리며 목소리를 높였다.

* 콜레트는 세 번째이자 마지막 남편 모리스 구드케를 이렇게 불렀다.

"딱한 여자 같으니……!"

그러고는 말레이반도의 독초들이며 영원한 미스터리로 남아 있는 쿠라레 독의 제조법 등 훌륭한 얘기를 늘어놓았다. 그가 예고해준 고통을 기다리면서 커다란 돋보기로 난초를 판독했다. 난초를 사다 준 딸아이에게 고마움을 표현한답시고 나는 투덜거렸다.

"이 괴물 이름이 뭔지 꽃집 주인한테 물어보지 그랬니?"

"엄마, 물어봤죠."

"그래 뭐라던?"

"이렇게 말했어요. '아이고, 알려드릴 수가 없겠는데요. 아 참, 흔한 이름이 아니었어요. 흔한 이름은 아니었죠.'"

그 미미한 한 방울의 맛이 혀에서 가시지 않았다. 날감자 맛과 비슷한, 더없이 싱거운 맛이었다.

조그만 나막신을 둘러싸고, 밤색 반점이 있는 초록색 팔 다섯 개가 비대칭으로 제각기 뻗어 나와 있다. 그 팔들 위로는, 하얀 바탕에 보라색 점선이 그어진 멋진 입술꽃부리 하나가 붓꽃의 혀와 거의 비슷한 형태로 펼쳐져 있었고 그것은, 정말이다, 그건 문어의 먹물주머니 모양이었다. 그럴 수밖에, 사실 내 난초는 문어가 아닌가. 팔이 여덟 개가 아닐 뿐, 팔각류 특유의 앵무새 부리도 있다. 내가 방금까지 나막신 앞코라고 했던 게 실은 그 부리다…….

팔이 다섯 개뿐. 누가 나머지 팔 세 개를 잘라냈을까? 누가? 어디에서? 어떤 하늘 아래에서? 무슨 의도로? 어떤 파격을 이 모방 작업에 허용한 걸까?

진정, 진정하자. 지구 반대편에서 온 꽃 한 송이에 웬 호들갑이람. 이곳의 봄에 피는 꿀벌 난초의 괴짜 사촌일 뿐이다. 우리의 그 난초도 그처럼 기막히게 꿀벌의 코르셋과 가는 허리와 날개를 위조하지 않는가! 외부 세계의 기적이란 접근이 어려울수록 더 강렬한 호기심을 자아내는 법. 나는 불평하는 게 아니다, 천만에. 오늘의 내 난초는 기형적이고도 매력이 넘치는 꿈이다. 난초는 내게 낙지, 나막신, 은빛 턱수염, 부엉이, 말라붙은 피를 얘기한다……. 나보다 훨씬 더 현명한 사람들도 유혹하고 사로잡았겠지. 그중 하나만 예로 들어보자. 지난 세기의 한 맹수 사냥꾼 이야기다. 말도 안 되게 먼 오지의 나라들에서 활짝 꽃핀 모피를 두른 재규어를 평온하게, 공무원이 일 처리하듯 죽이는 소박한 치들 중 하나였다. 그는 오로지 재규어만 노렸고, 가끔 끼닛거리로 통통한 비둘기를 몇 마리 잡을 뿐이었다.

원주민 몰이꾼들이 짚어준 재규어 길목에 자리를 잡은 어느 날, 그는 기다리다 지쳐 심심해졌다. 고개를 들었을 때, 머리 위쪽에 있던 난초를 봤다……. 분명 난초였다. 확실히 새를 닮은, 게를 닮은, 나비를 닮은, 주술 도구를 닮은, 성기를 닮은, 심지어 어쩌면 꽃을 닮은 것도 같은 난초. 넋이 나간 맹수 사냥꾼은, 생명의 위협을 무릅쓰는 일이었는데도, 총을 내려놓고 위쪽으로 기어 올라갔다. 난초를 손에 넣은 그가 다시 내려온 바로 그때, 사냥꾼을 향해, 무기를 내려놓은 그의 빈손을 향해 다가오는 생기롭고 느긋한

재규어 나리를 봤다. 이슬에 흠뻑 젖은 재규어는 꿈꾸는 눈빛으로 남자를 쓱 훑어보더니 이내 자기 갈 길을 갔다.

1860년대에 한참 사냥을 다니던 이 사냥꾼은 그 후 식물학자가 되었다고 들었다. 나는 그가 너그러운 재규어에 대한 고마움으로 마음을 고쳐먹은 건지, 아니면 그 어떤 사냥감보다 강한 마력을 지닌 난초가 끝내 그를 그르치고 만 건 아닌지, 못내 궁금하다. 그처럼 위험한 곳에서 두 선택지가 주어질 때 인간은 어김없이 더 나쁜 쪽을 택하기 마련이니까.

등나무의 행실

Mœurs de la Glycine

화색 만연한 천하무적, 최소 이백 살은 된 그 폭군이 아직 살아 있기를, 앞으로도 오래 살기를 진심으로 바란다. 내가 태어난 집 정원을 넘어 비뉴가街 위로 흘러넘치는 등나무 얘기다. 그 생명력의 증거가 작년 나에게, 날쌔고 매력적인 한 백발 도둑의 손을 거쳐 당도했다……. 예와 마찬가지로 한적한 비뉴가에서, 검은색 치마와 하얀 머리채와 60대 여인의 기민함이 하나가 되어 펄쩍 뛰며 손을 뻗어 등나무 끄트머리를 한 줄기 길쯤하게 훔쳐냈다.

그 줄기는 이곳 파리, 관절염으로 내가 묶여 있는 침대 겸 장의자 위에서 꽃을 피웠다. 나비 모양의 꽃은 향기 외에도 작은 벌 한 마리, 자벌레 한 마리, 칠성무당벌레 한 마리를 품고 있었다. 생각지도 못한 이 모든 것이 생소뵈르앙퓌제* 직송으로 왔다.

내 탁자 겸 창턱 위에 놓여서도 여전한 향기와 보랏빛 푸른색과 고유한 자태를 거의 알아볼 수 있겠다고 여겼던 그 등나무는 사실, 내가 기억하기로, 길 따라 쭉 벽을 둘러 세우고 철책으로 방비를 갖췄던 그 좁다란 제국에서 악명을 떨쳤다. 무척 오래된 나무로, 내 어머니 시도가 첫 번째 결혼을 하기 전부터 있었다.** 등나무꽃이 미친 듯이 흐드러지는 5월, 또 빈약하나마 다시 한 차례 꽃이 피어나는 8, 9월의 향기가 내 어린 시절 기억들에 배어 있다. 꽃만큼이나 많은 벌을 거느렸고, 마치 한 장의 심벌즈처럼 웅웅대며 퍼져나가는 그 속삭임 소리는 절대 완전히 잦아드는 법이 없었다. 해가 갈수록 아름다움을 더해가던 중 마침내 어느 날, 묘하다는 듯이 몸을 굽히고 꽃 무더기를 살펴보던 어머니가 그럴 줄 알았다는 듯 짧게 "아! 아!"

* 앞서 언급된 콜레트의 생가가 있는 부르고뉴 지방의 촌락이다. 콜레트가 열여덟 살이 되던 해에 부모가 파산하면서 집과 마을을 떠났다.

** 콜레트의 어머니는 1857년 쥘 로비노 뒤클로와 결혼했고 그가 죽은 뒤 1865년 쥘 콜레트와 결혼했다. 콜레트가 태어난 집은 어머니가 쥘 로비노 뒤클로에게 물려받은 집이다.

소리를 내며 대발견을 알렸다. 등나무가 철책을 뽑아내기 시작했던 것이다.

어머니 시도의 제국에서 등나무를 죽인다는 건 있을 수 없는 일이었기에 등나무는 제 결연한 힘을 행사했고 여전히 행사하고 있다. 나는 등나무가 족히 1미터에 달하는 육중한 철책을 석재와 회반죽에서 뽑아 들어 올리는 것을, 허공에 휘두르는 것을, 자신의 뒤틀린 수형樹形을 따라 철 막대를 비트는 것을, 그러고는 제 취향대로 나무줄기와 철 막대를 뱀처럼 얽어놓더니 결국에는 둘을 합쳐버리는 것을 봤다. 등나무가 제 이웃, 꿀이 가득하고 붉은 꽃이 매력적인 인동덩굴과 마주치는 일이 더러 있었다. 등나무는 처음엔 딱히 눈여겨보지 않는 척하다가 서서히, 뱀이 새를 옥죄듯, 그 숨통을 죄어 질식시키고 말았다.

등나무의 소행을 지켜보면서 나는 근사한 아름다움을 장착한 등나무가 어떤 살상력을 지녔는지 배웠다. 등나무가 어떻게 뒤덮고 목 조르고 치장하고 무너뜨리고 떠받치는지를. 돋아나자마자 나무처럼 질긴 등나무의 나선형 덩굴에 비하면 개머루덩굴은 기껏해야 꼬맹이다…….

모든 것이 낮잠과 나쁜 꿈을 끌어들이는 듯하던 무더운 어느 날 데제르 드 레츠*에 간 적이 있다. 다시 가지는 않을 것이다. 절제된 악몽을 자아내던 그 장소가 퇴색하는 걸 보고 싶지 않으니까. 골풀 우거진 탁한 물웅덩이 하나가 잠들어 있었고, 그 기슭에는 정자가 하나 있었다. 정자에는 부서진 장식 탁자며 다리 떨어진 스툴 등 어째서 거기에 있는지 알 수 없는 가구의 잔해가 흩어져 있었다. 각별히 기억나는 것은 일종의 잘린 탑으로, 비스듬하게 잘린 지붕에서 갑작스럽게 끝나버린 모습이었다. 탑 내부는 나선형 계단을 둘러싼 작은 독방들로 나뉘어 있었고, 독방 각각은 얼추 사다리꼴에 가까운 모양을 하고 있었다…….**

오 세계여, 얼마나 많은 신비와 불편이 너를 채우고 있는지, 기하학에 재능이라곤 없는 사람이 데제르 드 레츠의 잘린 탑을 묘사하려고 부질없이 진을 빼는구나! 탑은 도륙 난 가구들로 채워져 있었다. 그 해골들에 웃어야 할까, 아니면 삶의 불길한 잔해를 예감하며 두려워해야 하는…….

깨진 유리창이 문득 나를 소스라치게 하며 답을 던졌다.

* 부유한 귀족이었던 프랑수아 라신 드 몽빌이 레츠 마을 근처 숲에 10여 년에 걸쳐 만든 장식 공원이다. 갖가지 기묘한 건축물로 유명하다.

** '파괴된 기둥Colonne détruite'이라 불리는 높이 15미터의 건축물로, 폐허가 된 탑 모양이다.

팔꿈치를 굽힌 채 배배 뒤튼 모양의 나무 팔 하나가 창문을 깨고 불법 침입한 거였다. 그 끈질김, 전진의 은밀함, 파충류 같은 기질로 나는 그 식물이 등나무임을 어렵지 않게 알 수 있었다.

Tulipe

나, 튤립, 네덜란드의 꽃.

. . . .

하지만 자연은, 슬프도다, 중국 꽃병처럼 생긴

내 꽃받침에 향기는 부어주지 않았네.

소네트의 나머지 부분은 기억나지 않는다. 이 시의 진짜 저자가 다름 아닌 테오필 고티에*인데도, 크게 유감스럽지는 않다. 〈튤립〉은 〈파리에 온 지방의 위인〉에 나온다. 발자크는

* Théophile Gautier, 1811~1872. 프랑스의 작가다. '예술을 위한 예술'을 주창하며 파르나스파 운동을 이끌었다. 아래에 나오는 '테오'는 그의 애칭이다.

뤼시앙 드 뤼방프레, 몹시 잘생긴 청년이면서 한술 더 떠 시인으로 유명해지고 싶어 하는 자기 주인공을 그 시의 저자로 설정했다.* 소네트 모음집 한 권으로 영광을 희구했으나, 그 같은 요행으로 월계관을 쓴 것은 호세 마리아 드 에레디아뿐이다.**

산문 작품만 썼던 발자크는 여기저기에 소네트를 간청했다. 거절당하는 일은 없었지만, 시인 친구들이 자기네들 도감에서 최고의 표본을 내어주는 일도 없었다. 그런 식으로 테오필 고티에가 그려준 것이 〈튤립〉이다.

강건하면서도 벨벳처럼 보드라운 손, 푸근한 살집, 사람 좋은 테오의 태연한 서정성은 그가 쓴 것 중 가장 보잘것없는 작품들에서도 생생하게 감지된다. 이 작품에서도 마찬가지다.

바로 그 고티에에게 나는, 꼬장꼬장한 식물학자는 아니라도 원예가로서, 따져 묻고 싶다. 중국 꽃병 모양을 한 튤립을 본 적이 있느냐고. 달걀 모양 튤립이라면, 동의한다. 헝클어진 불꽃 모양 튤립이라면, 좋다, 앵무새 튤립이라고 불리는 종의 튤립은 그럴 수 있다. 유리 장미 같은 튤립, 그럴 수 있다. 무더위 속에서 지나치게 피어버린 튤립이

* 오노레 드 발자크의 소설 《잃어버린 환상》 2부 〈파리에 온 지방의 위인〉에서 주인공 뤼시앙 드 뤼방프레는 소네트 모음집 《데이지》로 파리 문단에 진출하려 한다. 〈튤립〉은 그 시집 중 한 편이다. 후일 고티에 자신이 그 시의 원저자라고 밝혔고, 소설에 인용된 다른 시 세 편 역시 다른 시인들의 작품이다.

** José Maria de Heredia, 1842~1905. 프랑스 시인이다. 시집 《전승기념비》 한 권으로 파르나스파 대표 시인이 되었다.

힘을 다해, 스러지기 직전의 아름다운 꽃잎들을 바퀴 모양으로 과하게 열어젖힐 때라면. 하지만 중국 꽃병 모양이라니 말도 안 된다. 천자의 나라 중국에서 만들어진 도자기 꽃병들은 고집스럽게 퍼진 둔부 때문에 허리가 잘록하게 들어간 모양이 될 수밖에 없다. 호세 마리아 세르트*의 집에서 나는 중국에서 들여온 거대한 꽃병들을 본 적이 있다. 애인도 숨겨놓을 수 있을 정도로 거대했다. 약간 멀리서 봤을 때 그 실루엣들은 목 잘린 채 서 있는 장대한 여인의 벌거벗은 몸 같았다. 하지만 튤립 꽃받침을 떠오르게 하느냐 하면, 글쎄…….

* José Maria Sert, 1876~1945. 스페인 출신 예술가다. 1899년 이후 파리에 정착했다.

그래도 튤립, 이리 오렴, 내가 너한테 트집을 잡고 있다만, 와서 곁을 지켜주렴. 부활절 달걀처럼 빨간 칠에 노란색과 오렌지색으로 붓 자국을 넣은 모습으로, 이리 오렴. 네 무거운 궁둥이는 줄기 위에 굳건하게도 버티고 있구나. 네 중심부에 너는 푸르스름한 멍자국을 감추고 있지, 선홍색 터키 양귀비도 같은 자리에 같은 자국이 있단다.

너희 튤립 수천 송이를 화단에 줄지어 심어놓으면 네 동족은 너와 믿을 수 없을 만큼 비슷해 보이지, 몸피도

키도 똑같고, 곧은 꽃대에 철저히 한 송이씩만 피어나고.
무리 지은 너희는 고요하고 근면하며 안개 자욱한 북부
제일란트주*의 광채가 되지. 엄격한 의전儀典에 따라, 너희는
푸르스름한 초록색에 늘 약간 기죽은 듯 처져 있는 갸름한
귀 모양 잎사귀를 딱 두 개씩만 달고 있고……. 고백하건대
너희의 강력한 색채는 나를 뜨겁게 만든단다.

한때, 유행과 투기 열풍이 너희를 검게 만들고 싶어 했고
너흰 값비싼 희생을 치러야 했지.** 너희의 보랏빛 상복이
컴컴할수록 너희의 연인들은 너희를 위해 기꺼이 파산했단다.
그러나 이윽고 기근의 시대가 도래했고, 사람들은 값비싼
너희의 구근을 구워 배를 채웠지. 최근에는 너희가 고귀한
계획에 가담해줬어. 나치 점령기의 고약한 봄마다, 희망으로
부풀고 깊은 원한으로 심사가 사나워진 파리에서, 꽃집
주인들이 화분 하나에 구근을 세 개씩 담아 팔며 반란을
모색했단다.

"부인, 실내에서 키울 예쁜 튤립 화분 하나
사시겠어요……?"

그런데 3월이 되고 양파 같은 구근의 진줏빛 속살이

* 네덜란드 남서부에 위치한 주로 농업 및 원예로 유명하다.

** 재배 불가능한 종으로 여기던 검은 튤립과 네덜란드의 투기 열풍은 19세기에 널리 유행한 테마다. 대표적인 예로 알렉상드르 뒤마의 소설 《검은 튤립》이 있다.

마른 껍질을 찢고 깨어나면 바야흐로 피어나는 것은 튤립이
아니라 파란색, 하얀색, 빨간색으로 씩씩하게 애국적인
히아신스 세 무더기였지.*

* 파란색 튤립은 일반적인 재배로는 얻기 힘들고 염료로 인공적인 색을 입혀야 한다. 꽃집 주인은 튤립과 구근 모양은 비슷하되 세 가지 색 꽃이 뚜렷하고 손쉽게 자라나는 히아신스를 튤립이라며 팔아서 손님이 의도치 않게 프랑스의 삼색기 색 화분을 가지게 만들었다.

'파우스트'

«Faust»

그 꽃이 새로웠던 시절, 이 이름은 야릇한 만큼 큰 성공을 불러일으켰다. 검은 팬지, 일명 '파우스트'의 역사는 약 반세기 전으로 거슬러 올라간다. 바로 그 시절에 구노*의 악보가 지방까지 들어와 유행했다. 우리 집의 낡은 오셰르 피아노**와 내 두 오빠의 손가락이 까다로운 우리 마을의 얼마 안 되는 음악인들에게 〈파우스트〉를 가르쳤다.

"안녕, 오 나의 마지막 아침이여……!"

"허락해주시지 않겠소, 아름다운 아가씨여……."

* Charles Gounod, 1818~1893. 프랑스 작곡가다. 특히 괴테의 《파우스트》 1부에 기반한 오페라 〈파우스트〉를 작곡했다. 1948년 프랑스라디오방송국은 샤를 구노 특집 프로그램을 편성하여 〈파우스트〉를 비롯한 그의 대표작들을 방송했다.

** 19세기에 널리 보급된 가정용 피아노 상표명이다.

"그리고 나는 보노라, 배들이 지나가는 것을……."

요컨대 1948년 라디오 프로그램 중 하나가 자랑스러운 듯 수차례에 걸쳐 우리의 기억 속에 되살려놓은 일체의 레퍼토리.

"순결한 천사들이여, 빛나는 천사들이여……."

('로잘리'*라 하는 저 상승부 소프라노 목소리 앞에선 언제나 좀 떨리지 않는가?)

* 같은 구성의 선율이 반복되는 부분을 가리키는 학생들 사이의 은어다. 〈파우스트〉 종장 삼중창 '순결한 천사들이여, 빛나는 천사들이여……'에서 이 기법을 사용한다.

'파우스트', 즉 검은 팬지가 부활절을 맞아 나를 찾아왔다. 팬지는 여기, 내 탁자 위에 있다. 내 검은 벨벳 상의보다 아주 약간 덜 검을까. 햇빛이 팬지를 어루만지며 별무리 같은 먼지로 팬지를 적실 때면 그처럼 짙은 검은색의 기저에 푸른색, 아니 보라색, 아니 푸른색 바탕이 드러나 보이고, 그 질감은 우리에게서 감탄을 끌어낸다.

"오! 이 벨벳……."

그다음엔? 그다음은 없다. 그다음에 우리는 다시 시작한다.

"오! 이 벨벳……!"

벨벳을 묘사할 단어로 우리에게 주어진 것은

벨벳뿐이니까. 그게 '파우스트' 팬지의 단색 꽃잎 다섯 장, 아마존 기슭에서 펼쳐진 나비의 날개처럼 캄캄한 꽃잎들의 벨벳이라도 마찬가지다.

(아마존도 그 기슭도 가볼 일이 없지만, 나는 이렇게 곤충학적 박식함을 과시하길 좋아한다. 특히 그 나비의 이름을 잊어버렸을 때는 더욱 그렇다.)

'파우스트'는 팬지 모습을 하고 일찍이 내 생가의 정원, 펌프와 수양 물푸레나무와 몽모랑시 벚나무 사이 둔덕진 화단에 나타났다. 내 부모님의 친지들이 그 검은빛을 보러 와서 감탄했다.

"나중에 씨앗을 좀 나눠주실 수 있으세요? 오! 이 벨벳!……."

검은 꽃마다 한가운데 박힌 샛노란 작은 눈이 우리를 쳐다봤다.

방문객들이 떠난 뒤, 내 어머니 시도는 '파우스트' 무리에게 등을 돌렸다. 특유의 변덕을 부리며 내게 속생각을 내비쳤다. 꽃 화단이 무슨 상복 차림 같아선 안 된다고, 빨간 국화, 쪽빛 투구꽃, 털실 뭉치 같은 불로화, 호두나무

높은 가지를 신나게 타고 올랐다가 현기증에 사로잡혀 그만 축 늘어지고 마는 짙은 색 참으아리가 훨씬 사랑스럽다고. 음산한 '파우스트' 무리를 찾아다닐 게 아니라고, 팬지 화단은 전통을 지켜야 한다고, 반은 노란색 반은 보라색으로 백치미를 뽐내는 저 커다란 팬지, 검붉은색 콧수염을 늘어뜨린 저 하얀 얼굴의 팬지, 저 레몬색 나비 팬지, 제비꽃과 경쟁하는 조그만 뿔팬지 등 고전적인 품종을 이어가야 한다고. 특히 뿔팬지는 어머니가 각별히 좋아하던 품종으로, 헨리 8세만큼 좋은 혈색*에 턱에는 수염을 단 그 꽃들이 우리를 빤히 쳐다보고 있었다. 어머니가 말했다.

"저들을 보렴. 내 손만큼 큼직하지!"

그건 어머니 손이 작아서였다.

"좀 밋밋해도 위엄이 있잖아. 자기 모습에 흡족해하고, 눈썹은 사납게 세우고. 그러면서도 쉽게 시들고……."

그러더니 어머니는 이렇게 말을 끝맺었다.

"요컨대 왕실 사람들의 특성을 다 갖춘 거지!"

* 헨리 8세는 원기 왕성한 체질과 다혈질 성격으로 유명하다. 체구가 크고 건강해서 '건장한 왕 해리Burly king Harry'라는 별명이 붙기도 했다.

악취

Fétidité

보세요, 저들이 왔습니다, 작약이에요. 여러분은 그 꽃들에서 장미 냄새가 난다고, 가장 먼저 피는 장미들을 예고한다고 말하지요. 저 호화로운 꽃부리에 물을 듬뿍 주세요. 사실 그 꽃들엔 장미 같은 구석이 있죠. 장미 같은 뭔가, 하지만 그 뭔가가 장미의 향은 아니죠.

검붉은색, 명랑한 장미랄까, 감상적인 장미랄까, 또 다른 서너 송이는 양홍색, 이 작약들은 혈색이 건강하니 한 주 동안 나를 기쁘게 해주겠네요. 그런 다음 불덩이 같은 그 꽃잎 뭉치를 일제히 단번에 떨구겠죠. 꽃이 마지막 숨을 내쉰달까, 그 점이 장미의 갑작스러운 죽음과 비슷합니다. 장미가 죽을 때와 비슷하지요, 하지만 향은 비슷하지 않아요. 왜냐하면 작약에선 장미 냄새가 나지 않으니까요, 나는 그게 작약의 흠이라고 여기지 않아요. 작약에선 작약 냄새가 납니다. 내 말이 안 믿어지세요? 그러면서 줄기차게 비교 대상을 찾아 고급 버터에선 헤이즐넛 맛이 난다고, 파인애플에선 하얀 딸기 맛이 난다고, 하얀 딸기에선 으깬 개미의 먹음직스러운 달콤한 향이 난다고 할 건가요?

작약에선 작약 냄새가 납니다, 즉 풍뎅이 냄새지요. 미묘한 악취. 작약은 악취로 우리를 진정한 봄과 이어주는 특권을 가지고 있습니다. 봄에는 수상한 냄새들이, 한데 합쳐지면 우리를 매혹하고야 마는 냄새들이 담겨 있으니까요. 꽃 피기 전의 라일락, 그러니까 스페이드 에이스 모양의 작은 잎들뿐, 원추형 꽃차례가 아직 작디작을 때의 라일락에선 풍뎅이 냄새가 납니다. 그러고 나서야 꽃이 피어 하얀색, 연보라색, 파란색, 자주색 거품이 일면서 교외의 기차, 지하철, 아이들이 타고 있는 유모차 속에 청산가리의 유독성

향을 채워 싣지요. 나는 그때 꽃 피기 전의 라일락 향기, 아직 갈색빛이 도는 부드러운 잎의 향기, 풍뎅이의 금속성 앞날개가 순간적으로 뿜어내는, 약간 좋기도 하고 약간 싫기도 한 냄새를 그리워한답니다. 그러면 내가 모독하는 봄의 이름으로 여러분은 내게서 애정을 거두고 나를 이해하길 거부하죠. 그럴 때 나는 내 변변찮은 소굴 속으로 깊이 기어든답니다. 예를 들어 야생 제라늄, 일명 쥐손이풀의 보잘것없는 작은 꽃과 두루미 부리 모양 종자가 늘어선 길을 따라서요. 어쩌다 부주의하게 그 풀에 스치기라도 하면 여러분의 손가락에 톡 쏘는 냄새, 너무 강렬해서 여러분 마음에 들 리 없는 냄새가 묻지요. 나로 말하자면 그 자줏빛 줄기와 잎을 일부러 짓이기고, 그 냄새를 맡으며 몽상에 빠집니다. 그런 식으로 내 암고양이 중 하나도 갓 무두질 된 가죽의 신비로운 메시지를 놓고 몽상에 빠지곤 했지요. 킁킁거리다가 멀찌감치 떨어지고, 이윽고 다시 돌아와서는 그 주위를 서성거리며 꼬리로 바닥을 치고, 그 같은 맴돌이는 결국 부끄러운 듯 억누르는 수차례의 구역질로 끝나곤 했지요. 나는 쥐손이풀로 그 지경까지 가진 않습니다. 여러분

대부분은 싫어하지만 나는 손톱으로 쪼개어 냄새를 맡는 또 다른 식물들을 여럿 댈 수 있답니다. 버들옷의 하얀 피라든가, 일명 '젖풀herbe-à-seins', 혹은 잘못 파생된 명칭으로 '저수지풀clair-bassin'이라고도 부르는 애기똥풀의 황토빛 즙이라든가.

좀 저주받은, 약이 되기도 하고 따라서 독이 되기도 하는 풀에서 올라오는 비릿한 냄새를 나는 밋밋한 딱총나무 향기보다, 심지어 캉칼 지방 오솔길에서 한창 꽃피어 가득 장전된 단내로 우릴 꼼짝 못 하게 하는 쥐똥나무보다 좋아합니다. 검은 야생 벚나무의 껍질에 여러분은 욕설을 퍼붓겠지요? 내게는 그 냄새가 정말이지 상쾌한데 말이죠. 그런가 하면 병에 담긴 향수들에 실망한 적은 어찌나 많은지! 반면 여름철, 폭풍우에 찢긴 잎들에서 솟아나 몰려드는 야생의 냄새, 썰물 때 해변으로 밀려오는 바닷말의 요오드 냄새, 더는 주체가 안 되는 채마밭, 블랙커런트 찌꺼기와 뽑힌 회향과 오래된 달리아 구근이 뒤섞여 발효하는 쓰레기 더미가 내뿜는 트림 냄새는 내 독립적이고 변덕스러운 후각에 어찌나 근사한 향을 피워 올리는지…….

그래서 내가 여러분에게 하려는 말은 뭘까요? 작약이 향기롭다, 아니 실은 작약이나 장미가 아니라 풍뎅이가 향기롭다? 라일락이 우리 침실에 너무 가까이 있으면 무례하게 청산가리 냄새를 풍기는 연인이 된다? 쑥국화, 식물학자들의 말마따나 '냄새 고약한 쑥국화'나 톱풀이 내 용기를 북돋다 못해 내 심장에까지 꽂히는 반면 헬리오트로프의 구역질 나는 바닐라향과 그 약식 상복 같은 연보랏빛에는 심기가 상한다? 맙소사, 그런 얘기에 이토록 많은 문장이 필요하진 않았는데, 이렇게 저질러버렸네요.

금잔화

Souci

"수씨, 수씨……."

부르면 오곤 했다, 꽃과 고뇌를 동시에 의미하는 제 이름*이 자랑스럽다는 듯. 주름살로 막힌 멋진 불독 이마에 아룸 같은 뿔나팔 모양 귀를 곧추세우고, 그 아이는 달려서 오곤 했다. 복종에 대한 열정이 있는 아이였고, 그럼에도 강한 개성을 간직하며 자유롭게 자기 의견을 표현하고 자기가 좋아하는 것을 선택할 줄 알았다. 그 아이는 늘 내 말이 끝나기도 전에 내가 말하려는 것을 파악하려

* 프랑스어에서 'souci'는 동음이의어로, '금잔화'와 '근심'이라는 두 가지 뜻을 갖는다. 콜레트가 1928년 튈르리 도그 쇼에서 거금을 치르고 들인 이 개는 이후 11년 동안 작가와 함께하며 많은 사진에 등장한다.

했다. 스치듯 봤을 뿐인 어떤 사람에 대해 그가 목매달 밧줄값도 못하는 엉터리인지 아니면 데리고 뭐라도 좀 해볼 만한 작자인지 판정을 내리곤 했다. '먼젓번 고양이'*를 질투하면서도 그 질투를 내게 숨기고 싶어서 관자놀이까지 째지고 툭 불거져 나온 두 눈, '7킬로그램 이하 최고 등급 불독'의 눈을 내리감고 있었지만, 그 눈꺼풀은 금빛 파편들이 흩뿌려진 사금석처럼 반짝이는 눈알을 그저 넌지시 덮고 있을 뿐이었다. 하지만 녀석은 내가 속지 않는다는 걸 잘 알고 있었다. 그리고 어쩌면 나도 다른 생에선 불독이었을지 모르니 나를 경계해야 한다고, 가짜 미끼를 던져 나를 속여야 한다고 생각하기도 했다. 하기야 사랑하는 사람들 말고 또 누굴 속이겠는가?

"수씨, 수씨……."

이름값을 하는 아이였다. 주름 파인 이마, 요동치는 맥박, 금세 헐떡이는 숨, 꿈으로 뒤숭숭한 잠, '수씨', 찌르는 듯한 고통, 늘 같은 고통, 지나친 사랑이라는 죄악의 고통이 온 혈관을 휘저으며 암컷 불독의 너무 민감한 신경을 들쑤실 때면 나쁜 생각의 무게에 눌려 왼쪽 앞발을 떨던 '수씨', 그

* 콜레트가 모리스 구드케와 함께 1926년에 들인 고양이로, 소설 《암고양이》 속 고양이의 모델이다. "여왕 이름이나 유치하게 귀여운 이름들을 거부했기에 (마치 이 세상에 고양이는 하나뿐이라는 듯) '고양이'로 불렸"고, 작가의 만년 작품들에서는 '먼젓번 고양이'로 불렸다. 1939년에 갑자기 죽은 이 고양이와 그로부터 한 달 뒤에 죽은 개 수씨의 자리는 다시 채워지지 않았다.

아이는 오직 나만을 위해, 오직 나 때문에만 괴로워했다. 부재로 괴로워하기, 기다림으로 괴로워하기, 사랑으로 괴로워하기, 다 같다. 육체의 고통이 겉으로 드러나지 않도록 억누르며 도도하고 태연하게 굴려는 시도는 일찍부터 있었다. 발이 밟혔다, 그래서 뭐? 아무 일 아니다. 선인장 가시에 찔려 상처가 났다? 그건 더더욱 대수롭잖다. 이빨에 낀 치석을 제거하던 긁개가 잇몸이 내려앉은 어금니를 건드릴 때, 그쯤은 되어야 참다못한 헐떡임이 새어나갈 수 있지, 그래봐야 살짝이겠지만……. 이름값을 하던 수씨는 그렇게 생각했다. 이제는 없는 수씨.

지금은 2월, 그 아이를 지켜보면서 높이 평가했던 친구 중 하나가 노란 금잔화 한 다발을 보내온다. 오렌지빛 붉은 호박색을 띠는 금잔화들은 절대 넣지 않는다. 매년 나는 그 꽃들을 회색 에나멜 꽃병(곳곳에 여드름이 난 듯 투박하고 웃기게 생긴 커다란 단지로, 버터가 있을 땐 버터를 보관하는 데 썼다)에 담아 몇 시간쯤 흡족하게 지내게 해준다. 수씨의 무덤은 내 기억 속에만 있다. 그 아이의 미덕, 그 짧은 생의 처음과 마지막 날을 기리는 묘지석도 비석도 없다. 그러나 금잔화 꽃다발과 나, 우리는 가만히 수씨를 기억한다. 완벽한 원형의 노란색 꽃들에 내 암컷 개의 외모를 떠오르게 하는 구석은 전혀 없다. 떡잎 모양의 갸름한 꽃잎들이 예닐곱 줄로 동심원을 그리며 중앙의 수술을 빽빽하게 둘러싸고 있다. 꽃잎들의 가장자리는 살짝 삐죽삐죽하다. 꽃일 뿐이다. 내가 수씨와 나눈 완벽하고 오랜 우정의 상징이 아니다.

그럼에도 저 중앙, 저 심장부, 저 금잔화의 눈이 금갈색을 띠고 있음을 나는 눈여겨보지 않을 수 없다. 사금석빛을 띠었던 어느 아름다운 눈길을 빼닮은 금갈색을…….

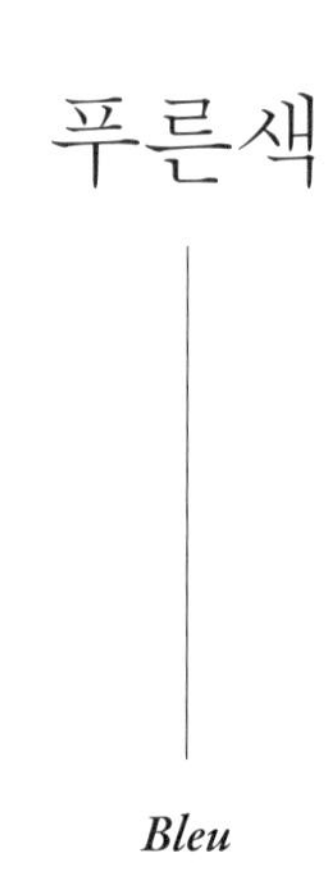

푸른색

Bleu

각시투구꽃, 실라꽃, 루피너스, 니겔라, 봄까치꽃, 로벨리아, 그리고 모든 푸른색을 압도하는 메꽃을 제외하면, 만물의 창조주는 우리 땅에 푸른 꽃을 배분할 때 좀 인색하게 굴었다. 알다시피 나는 푸른색을 이기려 들지 않는다. 그래도 푸른색이 나를 만만하게 대하지 않았으면 좋겠다. 다마스 자두가 푸르지 않듯 무스카리도 푸르지 않다……. 물망초? 그 꽃은 피어날수록 천연덕스럽게 장밋빛을 띠어 간다. 붓꽃? 쳇…… 그 푸른색은 기껏해야 예쁘장한 연보라색을 넘어서지 못한다. 여기서 내가 말하는 건 '불꽃'이라는 별명으로 불리는 붓꽃, 봄마다 성당 제의복 보라색과 속된 향기로 라가르드프레네* 주변 동산들을 포위하는 붓꽃 종이 아니다. 어떤 토질에든 순순히 적응하는 수염붓꽃, 일명 뜰 붓꽃은 바가텔 공원의 작은 수로에 발을 담그기도 하고, 제 사촌 티그리디아의 타는 듯 붉고 덧없이 지는 꽃 가운데 섞여 들어가기도 한다. 수염붓꽃에는 여섯 장의 꽃잎이 있는데 그중 셋은 뚜렷하게 좁다란 혀 모양이고, 좀 더 너부죽한 세 장은 간장병이 걸린 듯 노란색이 비껴 있다. 그런데 그 꽃이 푸른 꽃으로 통한다. 푸른색에 대해 아무것도 모르는 무리가 만장일치로 인정해준 덕분이다.

지역별 포도주 애호가들이 있듯, 푸른색 전문가들이 있다. 생트로페**에서 연속으로 보낸 열다섯 해의 여름은 내게 쪽빛 요양 시절이자 쪽빛 연구의 시기였다. 그 연구는 프로방스 지방의 하늘을 관찰하는 데 그치지 않았고, 때로 지중해의 쪽빛은 연구 대상에서 밀려나기까지 했다. 파도가 침대 삼아 누워 쉬는 깨끗하고 고운 모래사장에 가서 푸른색을 좀 달라고 애원하는 일은 하지 않았다. 새벽빛이

* 코트다쥐르 연안 프로방스 지방의 산골 마을로, 콜레트가 살았던 생트로페에서 가깝다.

** 코트다쥐르 연안 도시다. 1925년에 이곳에 온 콜레트는 그 풍광에 반해 1926년에 전원주택 '트레유 뮈스카트'를 구입하여 1939년까지 살았다.

트기가 무섭게 하늘에서 마지막 별빛을 꺼트리는 엉큼한 초록색이 바다의 푸른색을 잔인하게 물어뜯을 걸 아니까, 또 사방의 하늘은 불안정한 푸른색을 버리고 동쪽은 보랏빛, 북쪽은 냉랭한 장밋빛, 서쪽은 불그스름한 빛, 남쪽은 회색빛을 제각기 택할 걸 아니까. 프로방스 지방에서 절정의 한낮에는 하늘 중앙부에 잿빛 덮개가 드리워진다. 짧아진 그림자들은 나무 아래로 피신하거나 담벼락 발치에 웅크리고, 새들은 고요해지고, 고양이는 분수 꼭지에서 방울방울 떨어지는 물을 따먹는다. 삶에 필수적인 푸른색과 평정의 분량이 있건만, 정오의 시간은 그걸 놓고 우리 모두에게 쩨쩨하게 굴었다.

우리는 기다렸다, 길굽이마다 들썩이는 자그마한 먼지 날개와 만灣의 입술 가장자리에 이는 하얀 곱슬거림이 온갖 청색의 부활을 알리기를. 바다로 돌아온 단단한 청금석 색깔이 튀어 오르며 정자 아래로 반사되고, 그러면 유리잔들은 제각기 돌연 사파이어빛을 띠는 얼음 조각을 하나씩 품고 어르듯 흔들었다.

아직 황금빛이 도는 알프스 위로, 산비둘기의 푸른색을

떤 폭풍우 한 뭉치가 산꼭대기들에 닿아 있었다. 얼마 안 있으면 보름달이 눈밭 같은 별들을 헤치고 나아갈 것이다. 낮 내내 오므라들어 있던 하얀 바다수선화는 이제 새벽까지 푸른색을 띠리라.

라케와 포토스

Le Lackee et le Pothos

제목을 보고 힌두교 우화 같은 것을 생각했다면 오산이다. 저건 대형 채색 판화 중 하나에 딸린 설명문일 따름이다. 반달리즘과 근시안적 무관심 때문에 흩어져 일부가 누락되고, 군데군데 누런 얼룩이 진 데다 가장자리가 쏠아 먹힌 모습이 정말이지 곤충 연구의 잔재라 할 만한 그 판화집들을 나는 예전에 보이는 대로 사들이곤 했다. 어떤 곳에는 '베사'*, 다른 곳에는 '주느비에브 드 낭지'**, 또 다른 곳에는 '드니스, 화가 겸 석판화가'***라고 서명된

* Pancrace Bessa, 1772~1835. 자연사박물관 수석 화가로 《나무 및 관목 연구》, 《애호가를 위한 일반 식물도감》의 도판을 그렸다.

** Jules Denisse, 1785~1861. 화가로 《아메리카 식물지》의 도판을 그렸다.

*** Geneviève de Nangis, 1746~1802. 화가로 《일반인을 위한 식물학》의 도판을 그렸다.

그 판화들은 딱 내가 알고 싶은 것만 알려준다. 어쩌나 깨알 같은지! 붓꽃의 넓적한 혓바닥 위 털, 손가락 모양의 우둘투둘한 레몬 위 농포를 하나하나 셀 수 있다. 게다가 과학은 연구의 편의를 위해 카네이션, 크로커스, 깨꽃, 클라리 세이지, '유럽의 차' 꼬리풀이나 '말 물냉이' 꼬리풀의 꽃 생식 기관을 해체해놓았다.

나는 번호가 매겨진 꽃잎, 분해된 수술, 유쾌하게 성적인 씨앗과 갈기털 같은 뿌리 사이를 거닌다. 나는 아무것도 배우지 않는다. 그저 들여다본다. 모든 글귀는 시효가 다했다.

때때로 출판인을 겸하는 화가의 섬세하게 새겨진 주소 외에는 아무 정보도 없다. 그중 어떤 이는 '뤼상 호텔 맞은편 크루아데프티샹가街'에 살았다. 여기서 가까운 곳이다. 아! 나의 이웃이여, 우리 사이에 끼어든 못된 두 세기만 아니었다면, 당신의 작업에서 나는 얼마나 큰 재미를 얻어냈을까! 중국 모과나무의 우둘투둘한 열매, 곤돌라처럼 휜 푸른색 양철 같은 잎사귀, 수채 물감으로 여전히 촉촉한 듯한 장밋빛 꽃이 당신 덕분에 빳빳한 레이드지 위에서 백

년간의 신선함을 유지하며 시간에 도전한다. 이 회화 예술은 혓바닥 아래 침이 고이게 한다. 그 예술에 헌신한 정성스러운 손길은 눈알 모양을 한 갈색 씨 세 개의 초상을 빼먹지 않고 페이지 아래에 그려놓았다.

하지만 내가 특히 눈독을 들이던 것은 포토스와 라케다. 둘은 "야생 구아바–가꾸지 않아도 저절로 성장하며, 열매로 잼을 만든다"에 이어 나온다. 그 앞엔 '괴물 딸기'도 있다. 그래, 괴물 얘기를 좀 해보실까! 일종의 거대하고 불그스름한 내장이 폴리오* 판형 그림 전체를 차지하고 있는데, '실제 크기'란다. 털이 난 모공과 커다란 젖가슴 같은 두 장의 쪽잎이 보이는데, 이 잎들은 마치 피에타 상의 피 흘리는 예수 심장 같다. 아래에 달린 설명문은 무엇에도 놀라지 않는 것 같다. "나무에서 나는 딸기, 일명 뽀뽀나무 열매는 맛이 꽤 좋다. 달인 잎으로 위장 통증을 치료한다."

* 전지를 두 번 접어 네 쪽으로 만든 종이 크기로, 가장 큰 판형이다.

35년 전 그 그림을 사들였을 때, 나는 괴물과 그 속성에 대해 좀 더한 것을 기대했다. 이어지는 페이지에 짝을 이루어 나오는 포토스와 라케가 있을 법하지 않는 걸 바라는 나의 갈증을 달래준다. 그중 하나에서는 배梨 모양의 진홍색

과일들이 동백나무 모양 잎사귀 사이에서 철철 흐르고 있다. 이게 라케다. 그 꽃에는 장미색에 푸른색 벽옥 무늬가 들어가 있고, 그 전부가 어찌나 기이한지 나는 화가, 탐험가, 식물학자가 여행한 곳이 아무래도 꿈속이 아니었을까 의심하게 된다……. 이윽고 나는 믿음을 되찾아 이어지는 설명을 철석같이 믿는다. 라케는 "금세 14미터 가까이 솟아오른다. 거기에서 나는 과일은 특히 프리카세*로 조리해 먹는데, 송아지나 가금류 고기 맛이 난다."

* 고기를 잘게 썰어 튀기듯 볶은 뒤 크림소스 등을 넣어 졸여 만든 음식이다.

브라보! 브라보! 찰랑찰랑하게 샴페인 잔을 채운 영양제 같은 기적을 음미하자! 앙코르! 앙코르! 오지의 송아지여, 여행객의 구세주여, 만세! 오 식물학자여, 왜 더해보지 그랬나? 라케는 그저 금세 자라는 정도가 아니라 알을 낳는다고, 천산갑 목소리를 흉내 낸다고, 반딧불 무리를 끌어들여 붙들어서 길 잃은 자에게 등대 노릇을 한다고 장담하지 그랬나?

포토스에 대해, 너덜너덜해진 그 멋진 도감은 말이 없다. 거기에 제공된 찬란한 도판에 따르면 포토스는 막강한 오이다. 에메랄드색 표피가 육각형으로 정연하게 나뉜 것이,

마치 욕실 바닥 타일 같다. 각각의 육각형 정중앙에는 또 하나의 도형이 도드라진 자태를 뽐내는데, 알록달록한 보석세공품 같다. 오이인데, 네잎클로버 무늬가 있는 호화 오이랄까……. 아니, 클로버라기보단 라일락 같은 네 갈래 꽃잎 모양이라고 하는 게 낫겠다. 다만 라일락꽃과는 달리 포토스, 일명 자수 장식 포토스는 최소한의 상식마저 무시하겠다는 듯 흡사 소시지처럼…….

아니, 더 말하지 않겠다! 다채로운 색깔로도 겨우 그려낼 수 있었던 환상극을 흰 종이에 검은 문자로 재현하려 하다니, 사기꾼 노릇이다. 포토스와 라케는 여러분이 알아서 해보시라. 그것들을 그린 마술 같은 솜씨의 화가처럼 하면 된다. 만들어내시라.

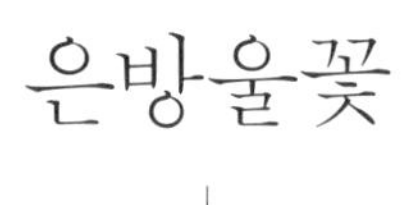

은방울꽃

Muguet

그저 멋내기는 아니고, 미신보다는 근사하고, 차라리 거의 종교랄까. 5월 1일은 은방울꽃 축제다. 수도의 시민들은 은방울꽃 숭배로 들끓는데, 이 들끓는 분위기가 교외로만 나가도 잦아들어버린다. 보다 먼 지방에서는 평온하게 그 작은 꽃의 시큼한 향기를 들이마시고, 남부 지방에서는 그 꽃을 아예 모른다.

"은방울이 뭣이다요?"

생트로페에서 내 작은 프로방스 밭떼기를 관리하던

여자의 물음이었다.

아니 참, 와서 보라니까. 5월 첫째 날 파리의 골목들을, 꽃장수들의 습격을, 한 가닥에 20프랑, 한 단에는 1,000프랑, 남자들의 단춧구멍에서, 여자들의 허리띠에서 피어난 행운의 부적을, 그 부적에 대한 믿음의 무수한 표현인 꽃들을!
아니 참, 랑부예의 대통령 관저* 근처에서 열리는 은방울꽃 시장에 가보시라. 빽빽하게 한 단씩 묶인 은방울꽃이 좌판 위로 거품을 내며 넘쳐흐른다. 초록색의 긴 잎사귀들이 왕관처럼 꽃을 에워싸고 있는데, 이는 누구도 거역할 수 없는 관습이다.

* 파리 남쪽 근교 랑부예 숲에 있는 랑부예성을 가리킨다. 중세에 지어진 뒤 루이 16세 때부터 부르봉 왕족의 거처로 애용되었으며, 1895년에 공관으로 지정된 이래 지금까지도 대통령 여름 별장 및 국제회의 장소로 이용되고 있다.

"잎사귀를 가운데 놓고 꽃을 바깥에 빙 둘러서 변화를 주면 어떨까요" 하고, 한 꽃장수에게 제안해봤다.

제정신으로 할 말이 아니라는 듯, 여인은 나를 힐금 흘겨봤다. 그러더니 어깨를 으쓱하며 말했다.

"고맙수! 그랬다간 한 단도 못 팔지."

한 번은 젊은 여자 여럿이 바구니를 팔에 끼고 주위를 살피며 민첩하게 랑부예 정원 안으로 슬쩍 들어가는 것을 봤다.

"우린 알베르 씨*네 은방울꽃을 훔치러 가요!"

그중 한 명이 내게 외쳤다.

"잡히면 어쩌려고요? 보초들이 있는데!"

"괜찮아요! 보초들이랑 이야기가 됐어요. 그 사람들은 은방울꽃을 두고 볼 수가 없거든요, 새끼 꿩들이 꽃씨를 먹고 죽으니까!"

히아신스, 야생 딸기, 헤이즐넛, 디기탈리스, 오디 등 숲에서 나는 온갖 것을 찾아다니는 한 늙은 여인은 해가 뜨기도 전에 은방울꽃 '사냥'에 나섰다. 네덜란드 호수**와 그 주변, 사람들의 발길이 너무 많이 닿는 곳을 지나며 뒤따라오는 사람이 없도록 신경 썼다. 여자는 초록빛 숲이 파랗게 되는 시간에야 돌아오곤 했다. 강건한 노파 특유의 보폭 큰 걸음에 맞추어, 밀렵 사냥감처럼 옭아 고를 낸 밧줄에 하나하나 엮인 스무 단, 아니 서른 단, 아니 쉰 단의 은방울꽃이 거꾸로 목 매달린 채 여자 주위에서 흔들거렸다. 여인은 돌아오는 길에 꽃을 팔면서 짐을 줄여나갔고, 나는 그이에게서 은방울꽃을 조달할 기회를 놓치지 않았다. 하얗게 머리가 센, 하얗게 꽃 핀, 흠씬 향기에 절은

* Albert Lebrun, 1871~1950. 프랑스의 대통령으로 1932년부터 1940년까지 재직했다.

** 루이 14세 때 랑부예 숲에 만들어진 총 6개의 인공 저수지다. 호수 및 근처의 지대가 수영, 낚시, 산책 등 다양한 여가 장소로 애용된다.

여자, 위풍당당하며 루이 14세를 닮았으되 거기에 더해 야생적이기까지 한, 그야말로 숲의 정령이었다.

그 주간의 끝 무렵은 덜 좋아했다. 파리가 숲으로 몰려든다. 따뜻한 빵, 돼지 파테, 치즈, 적포도주 여러 병과 포장 판매 커피 등을 싣고 온 트럭들이 귀로에 오를 때면 짐칸 전부가 오로지 은방울꽃, 너무 일찍 꺾여 콜리플라워처럼 푸르딩딩한 은방울꽃으로 가득 찼다. 나는 알을 품는 어미 꿩들이 걱정스러웠다. 마른 고사리로 만든 둥지 속에서 공포에 사로잡힌 꿩들, 이제 막 털이 나기 시작한 새끼들을 저버릴 수 없어 버티다가 잡혀가는 영웅적인 꿩들……. 오, 어쩌다 내 손에 닿았던 그 따뜻한 꿩, 꼼짝도 하지 않던, 작고 온화한 꿩……. 나는 손을 떼고, 몇 발짝 떨어진 곳에서 이제 막 깃털 냄새를 맡아낸 내 개에게 낮은 휘파람을 불었다. 그러고는 개를 멀리 데려가기 위해 도마뱀, 뾰족뒤지, 두더지 등 개가 이름을 아는 온갖 사냥감을 약속하듯 주워섬겼다. 꿩이라는 말은 개가 몰랐다, 가르쳐준 적이 없으니까…….

우리는 해가 질 무렵 생레제르, 레메닐, 몽포르라모리,

노플*로 해서 돌아오곤 했다. 베르사유까지 이어지는 길 내내 아이들이 표지판처럼 나타나 손아귀 가득 쥔 꽃다발을 휘둘러댔다. 은방울꽃, 히아신스, 숲 아네모네, 무늬 둥굴레꽃, 파란 세이지, 덩굴광대수염, 꺾자마자 쪽빛 눈 색깔이 흐려지는 봄까치꽃, 낡은 벽에서 뽑힌 노란 꽃무, 구름이 해를 가린다 싶으면 금세 오므라드는 오니소갈룸, 일명 '11시의 부인'…….

그러나 우리는 더 지체하지 않았다. 차는 우리와 함께 목마르고 기진맥진한 꽃의 향기를, 약간 지나치다 싶은 쾌락을, 또한 5월, 아직 다사로운 숲과 은방울꽃에 바친 한나절을 보상해주는 피로를 싣고 달렸다.

* 랑부예 숲 북쪽에 있는 작은 마을들이다. 베르사유는 이들 마을보다 동북쪽, 즉 파리 방면으로 더 멀리 가야 나온다. 콜레트는 1939년부터 1941년까지 몽포르아모리에서 가까운 메레에 별장을 가지고 있었다.

붉은 동백

Camélia rouge

애초부터 확연하게 무지막지한 모든 것은 시간이 지나도 변하지 않고 우리와 함께한다. 우리에겐 과도함만이 정도에 알맞기 때문이리라, 적어도 우리에게 주어진 시간 동안 놀라움과 유혹, 욕망과 청춘을 여실히 느끼자면 말이다. 청춘이 온갖 유혹에서 불가피한 요인이라는데, 그야말로 내 알 바 아닌 소리다. 내가 이제 젊음에서 벗어나서만은 아니다. 무엇보다도 나의 청춘은 고삐 풀려 날뛰기보다는 더 나은 일, 다른 할 일이 있었다. 다시 말해 애를 쓰고 배우고 스스로 재갈을 물어야 했다. 내 청춘은 가지각색의 목표를 노렸고, 그 목표를 이루기 위해 내가 따를 수 있는 게임 규칙 따위는 없었다. 나는 파리 시내에 정원을 하나쯤 갖고 싶었다. 동시에 그에 못지 않게, 건물 1층에 아늑하게 숨겨진 컴컴한 방 한 칸을, 여러 빛깔의 작약이 어둠 속에서 장작 불빛에 흔들리는 그런 방 한 칸을 갈망했다. 그런데 열세 마리의 지혜로운 그레이하운드를 만난 후로는 편안한 감옥도 파리 부자들의 정원도 더는 생각나지 않았다. 이윽고 그 몽상, 그 아라베스크, 그 훈련된 난리, 즉 열세 마리의 하얀 그레이하운드에 대한 갈망을 버리고 프티 브라방송, 다 커서도 겨우 1킬로그램밖에 나가지 않는 암컷 한 마리만 키우기로 했다. 이외에도 예는 무수하다. 사랑에서도 그런 일이 벌어진다. 까다로우면서도 별것 아닌 것으로 만족하는 그 근시안적이고 괴상야릇한 취향이 나타나 감정을 지배한다. 인간이 빚어낸 너무도 아름다운 작품들을 모아놓은 미술관에서 나를 사로잡는 동시에 슬프게 만드는 무력감이 나타나고, 자주색 배아가 떡잎을 밀어내며 승리를 맞이할 때 내가 느끼는 감탄 어린 기쁨이 나타난다. 그럴 만하다, 내가 보기엔 정말이지 장대한 광경이니까. 미술관 얘기가 아니다. 배아 얘기다.

그런 장대한 광경이 지금 또다시 내 곁에, 내 방에 펼쳐져 있다. 여섯 송이 붉은 동백…….

동백은 이례적으로 가혹한 학대를 당하면서도 여러 시간을 버틴다. 이들은 공기만 먹으면서 버틴다. 이들의 꽃과 잎은 단 한 가닥의 줄에 매여 있다. 놋쇠줄은 여러 이파리로 갈라진 꽃받침을 꿰뚫은 뒤 풍성한 수술이 돋아난 튼실한 심장을 꿰뚫고, 다시 이쪽에서 저쪽으로 심장을 가로지른 다음 줄기를 둘둘 휘감아 묶어 찬란한 꽃을 꼿꼿하게 지탱해준다. 그 꽃은 아무도 모르게 목이 잘리고, 선 채로 생을 마감한다.

여섯 송이 붉은 동백. 춘희는 결핵을 앓으면서도 머리를 길고 검게, 비단결처럼 유지했다. 그리고 매달 몸이 불편할 때마다 동백을 머리에 꽂아 그날은 자기가 혼자 자는 날이라고 만천하에 알렸다.* 어떤 유의 개탄스러운 취향, 어떤 유의 파렴치함은 한계를 모르고, 또 이상하게도 용인받는다. 여섯 송이 붉은 동백……. 내 초등학교

* 알렉상드르 뒤마 피스의 소설 《춘희》의 원제는 '동백꽃을 꽂은 부인 La Dame aux camélias'이라는 뜻이다. 소설의 여주인공 마르그리트 고티에가 남자와 함께하고 싶지 않은 날 동백꽃 장식을 하는 것으로 유명해져 얻은 별명이다.

시절에 올랭프 테랭 선생님*은 상장 수여식 장식에 쓰려고 학생들에게 빨간 종이로 동백 만드는 법을 가르쳐주었다. 우리는 동백이라곤 평생 그림으로조차 본 적이 없었다. 그리하여 우리가 만든 꽃들은 제멋대로 호사스러워져 기이한 모습이 되곤 했다. 어쩌면 그래서 더 아름다웠을지도 모르겠다.

지금 이 시간 여섯 송이 붉은 동백이 내게 해줄 수 있는 일, 그것은 나를 그들의 자손이 있는 곳곳의 영지로, 그들이 택한 토양으로 데려가주는 것이다. 브르타뉴**의 기후 속에서, 백 년 묵은 소사나무 가로수길은 유약 바른 묘소 같은 모습을 천천히 갖추었다. 어둠에 잠겨 있는 잎사귀는 검고, 햇빛을 받으면 더욱더 검어진다. 그 잎사귀 한 장 한 장이 볼록한 얼굴에 창백하고 푸른 햇빛 얼룩을 딱 하나씩만 묻힌 채 기다린다. 아직 추운 계절, 동백의 붉은 등이 한꺼번에 켜지는 순간을…….

붉은색의 절정 뒤 해체의 시간이 곧바로 이어진다. 동백을 저 찬란한 그들의 고장에서 언제 다시 볼지 모르는 신세이니, 나는 적어도 그곳에서라면 힘이 떨어져 무게를

* 생소뵈르앙퓌제 초등학교의 여선생으로, 《학교의 클로딘》에 나오는 마드무아젤 세르장의 모델이다.

** 19세기 초 영국에서 프랑스로 수입된 동백꽃은 낭트에서 처음으로 노지 재배에 성공했다. 대서양 연안 브르타뉴 지방의 습한 기후는 동백 재배에 유리하다.

이기지 못하는 꽃을 녹슨 줄 따위가 억지로 붙들어매지는 않으리라 생각하며 마음을 달랜다. 거기에서라면 브르타뉴 지방의 바람 한 자락, 슬쩍 스치고 가는 흰 소의 발, 밀물에 끌려온 한차례 소나기조차 붉은 동백 빗줄기를 바닥에 깔린 거적으로 바꿀 테니…….

온실 재배 히아신스

Jacinthe cultivée

마를리[*] 쪽 숲에서, 낙엽을 헤치고 야생 히아신스들의 뿔이 벌써 손가락 길이만큼 올라왔다고 확언하는 말을 들었다. 1948년 1월 5일의 갖가지 위협, 갖가지 약속. 나는 '봄의 전진' 상황을 '주시'하고자 주말에 그곳으로 가는 정통한 제보자들의 예측을 한자리에 모았다. 한데 과연 봄이 전진하고 있으며 다양한 반응을 불러일으키고 있다는 것이다.

한 어리석은 처녀[**]가 손뼉을 치며 외쳤다.

"딱총나무들이 파릇파릇해지고 있어요! 부활절에 거기

* 파리 서쪽 근교의 숲이자 마을 이름이다.

** 《마태복음》 25장의 어리석은 다섯 처녀와 슬기로운 다섯 처녀 비유에 대한 암시다.

가서 진을 칠 거예요!"

그런가 하면 슬기로운 처녀 하나는 눈썹을 내리깐다.

"마로니에는 새순 모양이 벌써 딴판이에요! 또 풀밭에는 벌써 데이지들이 있고요! 라일락 순들도 부풀어 오르고요! 갈색 달*에는 한창 예쁠 거예요!"

* 부활절 이후 4월에서 5월 사이의 한 달을 가리킨다. 이때 찬바람이 불고 서리가 내려 어린싹들이 갈색이 되곤 하는 데서 유래한 명칭이다.

나는 귀를 기울이고 이런 말 저런 말을 모아봤다. 전에는, 그러니까 이 다리가 내 족쇄가 되기 전에는, 놀라움의 고함이건 기쁨의 고함이건 내지르는 사람은 나였다. 랑부예 숲 세르네 계곡의 수선스러운 물가에서 11월의 낙엽을 내가 걷어냈고, 초조한 구근이 비죽 내민 창백한 칼끝을 내가 심문했다. 오늘 나는 하얀 히아신스 한 다발을 다른 모든 이에 앞서 받아보는 울적한 특혜를 누린다. 초록색 화병에 담긴 그 꽃들이 지금 내 방을 향기로 채운다. 태생지인 온실에서부터 물을 어찌나 실컷 마셔댔는지, 탐욕스러운 잎맥들이 어찌나 잔뜩 팽창했는지, 조금만 충격을 줘도 상처가 생기고 만다. 잘린 면으로 달팽이처럼 침을 흘리는 통통 부은 굵은 줄기가 무겁고 불투명하고 박하사탕 같은 하얀색 방울꽃을 매달고 있다. 키가 훌쩍하고

호리호리한 숲의 여인 같은 꽃, 파리 시민들이 매년 봄마다 마구잡이로 꺾어도 끈질기게 살아남는 그 야생 히아신스와 이 온실 히아신스 사이에 무슨 공통점이 있단 말인가? 무자비하게 막무가내로 꺾인 채 손에 들린 야생 히아신스는 머리를 떨구며 희미하던 향마저 잃고 이내 죽는다. 그 꽃은 그저 살아 있는 상태로, 또 아직 헐벗은 잡목림을 가로질러 무리 지어 있는 모습으로 힐끗 봐야 한다. 그때 그 꽃들은 너무나도 고르게 퍼져 있는 푸른색으로 당신을 속일 것이다.

"저기 봐, 연못이 있어……."

하지만 오, 나의 하얗고 비대한 히아신스여, 너는 테이블 위 고양이와 찻주전자와 소년용 공책 사이에서 잠든 구근을 흔들어 어르던 물병 좌욕조에서 태어났으니, 오, 포동포동하게 살이 오른 내 도시 이웃이여, 내가 그리워하고 이제 영영 그리워해야 할 저 푸른 숲의 꽃을 대신해준 네가 고맙다. 자생적으로 연약하게 피어나도 그 수가 셀 수 없이 많아서 꼭 호수가 가까이 있는 것 같다고, 푸른 아마꽃 들판이 있는 것 같다고 착각하게 해주던 저 푸른 숲의 꽃을…….

아네모네

Anémone

저걸 그린 건 틀림없이 르두테*다! 특유의 수완과 면밀함을, 세자빈 마리 앙투아네트에게 가르친 정확성을 저기에 발휘해놓았다. 그는 완성된 꽃 위에 물방울을, 유리구슬 같은 이슬을 그려 넣곤 했고, 그건 마치 뇌쇄적인 애교점과도 같았다. 그에게서 왕녀들은 그리는 법을, 아네모네는 우는 법을 배웠다. 아네모네, 또 백 송이 장미와 램스이어, 벨벳처럼 희뿌연 표면을 가진 자연의 모든 것은 르두테의 붓 아래에서 눈물을 터뜨린다. 비제 르브룅

* Pierre-Joseph Redouté, 1759~1840. 식물 세밀화로 크게 인기를 끈 프랑스의 화가다. 마리 앙투아네트, 나폴레옹 1세의 두 황후 조제핀과 마리 루이즈를 연이어 가르쳤다.

부인*의 숱한 감동이 떠오른다, 회고록을 쓰면서
자신의 아름다운 눈에서 솟는 쓰라린 액체로 펜촉을
적셨다던가…….

여기 내 아네모네들은 눈이 말라 있다. 내 꽃들은
12월에 원예의 도시 니스를 떠나왔다. 그곳은 꽃으로
장난치지 않으며 흐트러진 꽃부리나 혼란스러운 색깔 등
시詩를 용납하지 않는 삼엄한 산업 세계다. 물 없이 먼 길을
왔지만 죽지 않았다. 그저 기절해 있을 뿐이다. 극히 쇠약한
상태로 도착한 그들은 옹그린 채 처음에는 속을 내보이지
않았다. 볼 수 있는 건 생기 없는 꽃잎 바깥쪽, 세로 홈이
파이고 약간의 털이 돋아 있으며 거대한 파슬리 같아서
화단보다는 채마밭에 어울릴 법한 잎사귀뿐이었다. 가사
상태에서 내게 건네는 선홍색, 장미색, 보라색의 창백한
약속을 그들이, 겨울의 태양을 앗긴 이 프로방스 출신들이
과연 지킬 수 있을까?

일단 미지근한 물에 발을 담가주니 웬걸, 거의 튀어
오르듯 되살아난다. 그 둥근 꽃의 위풍당당함이라니!
비대칭의 붓꽃은 머뭇대며, 짝이 안 맞는 혓바닥들로 제 비단

* Élisabeth Vigée-Lebrun, 1755~1842. 초상화로 유명한 화가다. 마리 앙투아네트의 지지를 받으며 궁정 화가로 인기를 끌었고, 말년에 출판한《회고록》이 여러 차례 재발간되며 널리 읽혔다. 콜레트는《햇빛 드는 방》에서 이 회고록을 흉내 내어 긴박한 와중에서도 무시로 감동에 휩싸이는 비제 르브룅의 모습을 가볍게 희화화했다.

직조물을 찢는다. 장미는 가끔 제 코르셋에 갇혀 질식한다.
반면 아네모네의 몸짓에는 장엄한 결단이 서려 있다. 줄기의
관다발로 물이 흘러 들어가면 사방으로 펼쳐진다. 마치
바람이 단단히 붙들어주는 낙하산 같다. 나는 그 모습을
붉은뒷날개나방이라는 해 질 녘 나방과도 비교해본다. 그
나방은 덧문 뒤나 소나무 둥치 위에서 즐기던 낮잠을 끝낼
때 한 쌍의 회색 윗날개를 쭉 펴내면서 난데없이 밤 파티용
치마를 드러내 보인다. 흑색이나 달빛 청색으로 밑단을 댄,
짙은 색 가장자리 장식을 두른 산딸깃빛 붉은 치마다.

정신을 차린 아네모네는 이제 한 송이 한 송이가
놀랍도록 붉은 벨벳, 놀랍도록 가차 없는 보라색이다. 두세
송이는 튤립처럼 얼룩무늬가 들어간 희귀종으로, '거의
밤색'과 '되다 만 석류석 색'이 섞여 있다. 은둔자의 탁자 위
아름다운 불꽃이여! 확실히 나는 꽃을 사랑한다. 하지만
나는 동물도 사랑한다. 아네모네도 그걸 아는지, 활짝
핀 중심부에 수술 다발을 곧추세워 작고 귀여운 파란색
고슴도치를 만들어 보여준다.

자투리

Broutilles

'맛있는 쓰레기통'의 주창자는 루이 포레스트*라는 아리아족의 이름을 둘러썼다. 사실 그는 당시에 만나볼 수 있었던 가장 유쾌한 유대인으로, 섬세하고 끈기 있는 칼럼니스트이자 식도락가이며 미식가였다. 미식에 대한 그의 달변을 위태롭게 한 것은 단 하나, 몇몇 에세이에서 답답하게 적용하려 한 어떤 원칙이다. 내가 볼 때 그 에세이들에 나오는 게 요리라고 하기는 힘들었고, 대중의 호기심도 오래 가지 못했다.

* Louis Nathan, 1872~1933. 프랑스의 기자이자 작가다. 일명 루이 포레스트라고 불린다. 자동차 여행이 유행하던 벨 에포크 시대에 프랑스 국내 여행지와 각 지방의 프랑스 요리를 선전했다. 1912년 미식가 협회 '백인百人 클럽Club des Cent'를 창단했다.

당근잎 삶아 먹기, 무청을 무와 함께 생으로 씹어 먹기, 쇠채 잎이나 어린 쐐기풀, 갈대 뿌리 따위를 구해다 먹기, 샐러드에 피카리아 뿌리, 수송나물 새순을 곁들이기(더 있지만 쓴맛은 이 정도로 충분하리라), 이런 것이 옛 전쟁* 동안 사도의 역할을 맡은 루이 포레스트가 신실한 믿음까지는 아니어도 기발함을 발휘해 포교하려고 한 것들이다.

나는 '맛있는 쓰레기통'의 몇몇 연회를 기억한다. 그 성찬식의 끝은 시작보다 나았다. 말린 과일, 달걀과 밀가루를 사용하지 않은 케이크, 매자나무 열매 마멀레이드 등의 디저트가 나온 뒤, 루이 포레스트가 직접 발명한 '카페올레트'라는 커피포트로 손수 만든 커피를 한 잔씩 따라주었기 때문이다. 커피를 흠잡는 사람은 전혀 없었다.

각종 푸성귀와 강렬한 맛의 야생초 외에도 우리 친구는 특정한 꽃잎들의 영양학적 가치를 설파했고, 충실하게 시도하다 보면 모두가 그 식물들을 좋아하게 될 거라고 장담했다. 하지만 쓰레기통파 투사와 그 지망생들 가운데 장미 꽃잎 샐러드를 입에 넣으려는 사람은 아무도 없었고, 장식용으로 사용한 한련도 덩달아 신뢰를 잃었다. 사실 나는

* 제1차 세계대전이 예기치 못한 장기전에 들어가면서 1916년부터 식량 수급에 문제가 생겼고, 이에 따라 〈점심으로 맛있는 쓰레기통〉, 〈고기 없는 메뉴〉 등 자투리 채소나 각종 야생초 활용 방법이 일간지 기사로 다뤄졌다.

일찌감치 한련에 대한 신뢰를 거두었다. 가벼운 두드러기를 일으키는 맵싸한 맛 때문이었다. 나는 끝이 뾰족한 투구를 우아하게 쓰고 벽을 타거나 땅을 기는 한련, 동그란 잎사귀 아래 선홍색을 발하다가 물뿌리개의 물방울이나 진주알 같은 빗방울을 맞이할 때는 젖는 일 없이 푸르스름한 빛을 띠는 한련만을 인정할 수 있다. 나는 내 시골 정원에서 덤불처럼 자라던 그 꽃이 좋았다. 프로방스에서, 옅은 파란색 플럼바고와 한련을 짝지어줬더니 둘은 사랑에 빠져 서로의 머리채와 색깔을 한데 뒤섞었다.

우리가 음식으로 진급시키길 거부하는 이 푸성귀들은 절임 통이나 병에, 저 신비로운 '씨앗' 식초가 잠자며 몸을 부풀리는 옹기 속에 자리를 마련해줄 수 있다. 계절이 되어 한련 꽃이 지고 씨가 부풀면, 나는 그 씨를 거둬다가 스공자크* 씨네 케이퍼 나무에서 훔친 꽃봉오리, 바닷가 돌회향의 오동통한 줄기, 작은 멜론 낙과, 발육이 좋지 않은 당근, 비쩍 마른 껍질콩 몇 줄기, 시렁에서 딴 덜 익은 포도 낟알 무리와 합류시킨다. 계절 막바지의 이 재고품 일체는 설탕 없이 검박한 단맛을 내며 각자 품은 여린 효력을 식초

* André Dunoyer de Segonzac, 1884~1974. 프랑스의 화가다. 콜레트의 생트로페 별장 시절을 담은 작품인 《트레유 뮈스카트》에 삽화를 그렸다.

속으로 던져 넣는다. 후일 차가운 송아지 요리의 멜랑콜리를 명랑하게 달래주고 굵은소금을 뿌린 소고기에는 화룡점정으로 씹는 맛을 더해주기 위해서다.

관리실 입방아 속 아도니드

L'Adonide chez la concierge

멀리서 들려오는 비통한 목소리.

"아도니스*가 죽다니! 아도니스가 죽다니! 오 아도니스!……."

"대체 누가 저렇게 소리를 지르죠?"

"위층에 사는 부인이에요, 아도니스가 죽어서."

"아도니스가 죽었어요? 우리 인간이란! 아! 눈 깜짝할 사이에 불행이 닥치네요!"

"특히 사냥터 사고가 그렇죠……. 멧돼지 뒤를 쫓아

* 오비디우스의 《변신 이야기》 10부에서, 베누스가 사랑하던 청년 아도니스가 멧돼지를 사냥하다 반격을 당해 죽자 여신은 아도니스를 꽃으로 변신시킨다. 식물학자 린네는 이 이야기를 따라 미나리아재비과의 한 종에 '아도니드'라는 이름을 붙였다. 콜레트가 여기에서 묘사하는 종은 붉은 복수초로, 프랑스에서는 '핏방울' 꽃이라고도 불린다.

달리는 짓을 꼭 해야 했는지……. 멧돼지들은 예측할 수가 없잖아요……. 전 거기에 여자의 복수 같은 게 얽힌 건 아닐까 하는 생각을 지울 수가 없어요."

목소리.

"아도니스……. 오 아도니스……."

"들리세요, 저 위층 분의 목소리? 밤새도록 저 소리만 질러대고 있어요."

"오! 곧 마음을 달래겠죠. 그가 첫사랑도 아니었는데요."

"그리 아름다운 젊은이가! 체격도 백 년은 살 거 같았는데!"

"풀밭에 완전히 벌거벗겨져 있었대요, 부인, 치료도 처치도 못 받은 채로요! 그러고는요, 이건 부인께서 못 믿으시겠지만 참말이에요, 순식간에 알아볼 수 없는 모습으로 변하게 되었다나요."

"설마요!"

"얘기 드린 그대로예요. 그런 걸 변신이라고 한대요. 생각해보세요. 글쎄, 붉은 피 색깔의 작은 꽃이 창가 화분에 있는데, 젊은이한테서 남은 거라곤 그게 다래요."

"믿을 수가 없네요!"

"훙한 건 아니지만, 그래도 대단한 것은 못 된달까요. 쪼끄만 꽃 한 송이인데 크기가 콩알만 하려나……, 깊숙한 곳에 까만 매력점이 하나 있고요……."

"그럴 수밖에요, 아도니스한테 있던 점이에요."

"그 젊은이의 내밀한 사정을 저보다 더 잘 아시네요, 부인."

"제 말을 부풀리지 마세요, 부인."

"말이 꽤 의미심장해서 그렇죠, 부인."

"자, 자, 쪼끄만 꽃 한 송이 놓고 다투자는 건 아니시겠지요? 보잘것없는 꽃이에요, 어떻게든 눈길을 끌어보려고 초록 잎을 많이도 달고 있죠!"

목소리.

"아도니스! 오, 그대, 나의 우주!"

"이거 참, 우리와 의견이 다른 이가 있네요, 들리세요? 되는 대로 소리를 지른들, 그런다고 젊은이가 살아나나요. 부인이 말하는 변신이라는 걸 기왕 시킬 바에야 우리

신들이었다면 좀 더 실한 것, 좀 더 보기 좋은 걸로 바꿔줬을 텐데요."

목소리.

"아도니스! 아도니스가 죽다니!"

"저 여자 목소리에 우리까지 머리가 아주 지끈거리네요. 이제 다른 얘기로 넘어갈 때도 되었는데 말이에요. 여러분, 저는 갑니다. 잼 배급권을 써먹어야 하거든요."

목소리.

"아도니스! 오 아도니스! 이끼 위 꽃으로 핀 네 피, 그리고 네 가슴, 포이베*보다 더 하얀 그 대리석이 살인으로 더럽혀진 숲속 빈터에서 빛나고 있었지……. 오 영영 꼼짝 않는 아도니스여……."

* 그리스 신화에서 하늘의 신 우라노스와 대지의 신 가이아 사이에서 태어난 열두 명의 티탄 중 하나다. 포이부스의 여성형으로, '밝게 빛나는'이라는 의미이며 때로 달의 여신과 동일시된다.

자네트

Jeannettes

내 고장에서 '자네트'라 불리는 이 꽃은 폭음가다. 녀석은 늘 목말라한다. 연하고 아삭한 초록 튜브를 빨대처럼 이용해서 물을 들이켠다. 스펀지 같은 초원의 물을 빨아들이고, 도랑과 숲 곳곳의 물웅덩이를 다 비우며, 겨울비가 가득 채워놓은 계절 한정 냇가에서 물을 빼낸다. 그러니 초봄은 자네트, 자네트, 자네트, 녀석 얘기뿐이다…….

녀석의 성별이 바뀌기도 하는데, 그럴 땐

* 신화에서 이름을 딴 '나르키소스', 즉 수선화는 남성명사지만 이 꽃의 프랑스 속명 '자네트'는 여성명사다.

나르키소스라고 부른다.* 창백한 우윳빛을 띤 나르키소스는 넓적한 장식깃 위에 빨간 끝단을 얇게 댄 주름 칼라를 겹쳐 세워 입었다……. 장식깃, 주름 칼라, 끝단……. 보자, 내 어휘가 빈곤하다 보니 급기야 여자 장신구 어휘들을 갖다 쓸 지경에 이른 건가? 아니, 꽃잎은 페이크 칼라, 꽃부리는 레이스, 연상은 곧바로 이뤄지는 데다 아주 딱 들어맞는다.

왕수선화의 깊숙한 나팔은 초원 위에서 울리는 상아 나팔, 그래서 우리는 그 꽃을 '나팔수선화'라 부른다. 황금처럼 노랗고 디기탈리스꽃의 골무처럼 깊은 나팔관 바닥에는 한 가족을 이룬 수술들이 들어앉아 있다. 강건한 꽃부리 전체가 하나의 함정, 거기 고인 무고한 향기는 비에 지워지고 추위에 흩어지다 3월의 태양에 눈을 뜬다. 온통 구겨진 비단 헝겊을 목에 걸치고 있으니, 아아, 정말이지 이 자네트는 스카프를 단정하게 묶는 법이라곤 통 배우지 못했다. 그렇지만 꽃장수들이 부활절 파티를 위해 파리 전역에 몇 트럭씩 퍼뜨리는 커다란 달걀 꾸러미를 만들 때는 줄기차게 이 꽃만 찾는다. 꽃장수는 달걀 끄트머리에 창날 모양의 초록 잎사귀를 깃털 장식처럼 꽂아놓는다. 왜인지는 알 수 없지만 전통이 그렇다. 그것만으로도 자네트 달걀은 파인애플을 빼닮은 모습이 된다.

남부 프로방스 지방에서 나는 얼마나 사랑했던가, 노란 자네트에 앞서 피는 흰 자네트를, 그다음엔 오렌지 나무보다 무거운 향기를 품은 황수선화를! 겨울이 혹독하지도 길지도 않은 그 고장에서 봄을 알리는 그 전령들을 얼마나 사랑했던가……. 나를 동정할 필요는 없다, 오늘은 파리의 내 탁자 위에 그들이 있으니. 꽃병에 담긴 맑은 물을 꽃들이 어찌나 탐욕스레 빨아들이는지, 수위가 쑥쑥 떨어지고 젖 빠는 소리가 들리는 것 같다. 하얀 자네트가 있고, 노란 자네트도 있고, 심지어 아리스 씨*는 거기에 놀랍게도 분홍색 자네트 한 묶음을 섞어 넣었다. 분홍 자네트라니……. 실은 아리스 씨가 내게 꽃을 보내기에 앞서 이 폭음꾼들의 물통에 빨간 잉크를 한 컵 가득 부어두었던 건 아닌지, 나는 미심쩍다.

* 메르모 출판사의 주문에 따라 콜레트에게 꽃을 배달하던 파리 1구의 꽃가게 주인 이름이다.

약초

Médicinales

시작은 오빠와 붙어 지내다가 식물을 배우고 싶다는 열망이 생기고부터다. 오빠는 일찍부터 의사가 되기로 마음먹었지만 인간보다 식물을, 또 그 모든 식물보다 동물을 더 사랑했다. 오빠와 함께 들판으로 나갈 때마다 나는 약초를 캐러 간다는 생각이 들었다. 사실은 자유, 내 어머니 시도의 자식들이 늘 누렸던 특권을 맛보러 다녔을 뿐이면서.

예전에 내 고향의 보건의료진은 고령으로 서리마냥 후들거리는 은발 의사 포미에 씨, 한 무리의 대단찮은

접골사들, '방술사'들*과 산파들로 구성되어 있었는데, 그중 특히 산파들을 입에 올릴 때 어머니의 어투에는 모호한 비난이 깃들곤 했다……. 식물의 모양, 재미있는 오류들로 가득한 그 명명법을 배우는 것만으로도 나는 충분히 만족스러웠다. 지금도 충분하지 않은가? 옛날 시골 마을에서는 약초 캐는 여자들이 손놓고 놀 새가 전혀 없었다.

"그만큼 죽을 위험이 커지는 거지!"

어머니는 말하곤 했다. 그래도 나는 몰래 그들을 따라 숲에 드나들었다. 그들은 말수가 적었고 냄새도 좋았다. 그들의 걸음걸음에는 죄 많은 쓴쑥**과 물박하의 냄새가 따라붙었다. 자기들이 지닌 위엄을 지킬 줄 아는 당당한 노인들이었다. 거의 앉지 않고 서서 뜨개질하며 휴식을 취하곤 했다. 빙글빙글 도는 네 번째 철 바늘 끝에는 커다란 복숭아씨가 박혀 있었고, 어머니에서 딸로 전해져 내려오며 닳아 반질반질해진 그 씨는 끈에 꿰여 그네들의 허리춤에 매여 있었다…….

그중 단 한 명만이 수를 놓았다. 이루 말할 수 없이 훌륭한 솜씨였다. 시야를 밝히기보다는 가릴 것 같은 안경을

* 콜레트의 고향 및 근처 지방에서 병이나 상처에 부적을 써주는 사람들을 일컫는다.

** 쓴쑥은 전통적으로 낙태에 사용했다. 독성이 강해 지나치게 복용하면 목숨을 잃기도 했다.

쓴 두 눈에서, 빨랫감이며 탕약과 함께 삶아진 두 손에서, 꽃무늬 이니셜이 수놓인 대저택 마나님들의 손수건이, 애지중지하는 젖먹이들의 세례용 드레스가, 넝쿨무늬와 원형무늬가 얽힌 베일이, 두터운 새틴 스티치 다트와 터키 스티치*로 어찌나 빳빳한지 옷 속 신부 몸을 빼내어도 신랑 앞에 그대로 서 있을 듯한 결혼식용 블라우스가 태어났다…….

바렌 댁이라고 불릴 뿐 누구도 이름은 모르던 그 수놓는 약초꾼의 작품들은 세월에 스러져 갔다. 우리, 그러니까 어머니와 나는 자수 장식깃 몇 개, 코 닦는 데 쓴다는 건 상상도 할 수 없는 손수건 몇 장을 여러 해 동안 간직했다. 기적처럼 보존된 그것들도 결국 어딘가로 사라지고 말았지만. 바렌 댁은 귀스타브 도레가 삽화를 그린 페로의 동화집에서 호박 속을 칼로 파내어 신데렐라의 마차를 만들어주는 마녀를 쏙 빼닮은 이목구비에 벌건 얼굴색을 더한 모습이었다.

마녀를 닮은 모습은 이 자수 놓는 여인의 매력과 신뢰성에 적잖은 보탬이 되었다. 바렌 댁에게 질문할 때 나는

* 새틴 스티치 다트는 수 위에 수를 겹치는 자수 기법이며, 터키 스티치는 수를 놓은 뒤 끝부분을 잘라 섬유의 털을 표면에 남기는 자수 기법이다. 둘 다 입체감을 강조하는 화려한 무늬에 쓴다.

그가 머뭇댈까 봐 걱정할 필요가 없었다. 바렌 댁은 물어본 것의 이름을, 아니 정확히 말하자면 그것의 이름들을 두 개고 열 개고 척척 댄 뒤 설명을 덧붙였다.

"그건 사마귀 치료에 쓰지……. 개들이 그걸 먹으면 죽어……. 그건 '구렁이풀'이야. 그 풀이 보이는 곳 근처에서는 구렁이도 볼 수 있지. 털이 난 쪼끄만 이파리, 저건 좀쥐꼬리풀."

"왜요?"

"왜는 무슨 왜, 좀쥐꼬리풀이니까 좀쥐꼬리풀이지. 저기 저건 폐장초, 폐에 좋지."

불그스름하고 조그만 열매를 보고는 이렇게 가르쳐주었다.

"저건 먹을 수 있어. 매발톱나무, 열매로 잼을 만들 수 있지. 근데 밀밭 가까이에 심으면 안 돼."

"왜요?"

"정부에서 금지했어.* 밀을 망치거든. 저기, 저건 '큰 까치발'**. 시금치랑 매한가지지. 작은 체리 같은 거, 저건 까마중."

* 매발톱나무가 녹병균을 옮기는 사태를 방지하기 위해 밀밭이나 보리밭 근처의 매발톱나무를 제거하라는 법령이 제정된 적이 있다.

** 탁자 등을 받치는 까치발은 프랑스어로 'console'이고 야생화 컴프리는 'consoude'이다. 바렌 댁이 저지르는 언어 '곡해' 중 한 예다.

"좋은 거예요?"

"응, 토하는 데."

"그럼 안 좋은 거네요?"

"좋지 왜, 토하는 데 좋다니까. 너 그거 뭣이다냐? 쓸렸어? 잘했다. 자, 저쪽으로 걸어가봐. 거기 가만있어, 내가 가시를 뽑아줄 것이라. 자 봐라, 당나귀 엉겅퀴다."

바렌 댁은 칼을 꺼내 펴고, 모직 벙어리장갑을 껴서 맨손을 보호한 뒤 그 우람한 보라색 촛대 같은 엉겅퀴 중 하나에서 가시를 뽑아냈다. 아티초크의 형제뻘인 그 엉겅퀴는 야생에서 살며 단단히 무장하고 있었다. 높다랗게 자라는 그 지느러미엉겅퀴를 나는 자주 먹었고, 지금도 그 속살을 소금만 쳐서 생으로, 아니면 식초 소스를 뿌려 먹는다.

어린 시절에 나는 굶주림과 배우고 싶다는 마음을 잘 구별하지 못했다. 고양이가 개밀에 이끌리듯, 굶주림 때문에 아이는 잔털 난 까치밥나무 열매에, 야생 참소리쟁이에, 오이풀에 이끌린다. 여기에 대해 아이는 동물, 특히 채식 식이요법에 빠삭한 육식동물보다 아는 게 훨씬 적다.

생트로페에서 내 마지막 불독은 얼른 토하고 싶은데 원하는 만큼 빨리 되지 않을 때 약으로 풀을 뜯어 먹었는데, 그냥 닥치는 대로 삼키는 것처럼 보였다. 한번은 일단 늘 먹던 개밀을 먹더니, 침을 흘리며 어린 살구나무에 눈독을 들이다가 그 잎사귀를 뜯어 먹기 시작해서 나무를 완전히 벌거벗겨놓고, 어지러운 듯 비틀거리더니 아리따운 백일초를 꽃만 남겨놓고 거덜낸 뒤 드디어 남부 지방의 기후가 들이쑤신 담즙을 게워냈다. 가만 보니 백일초는 내 개가 자주 복용하는 풀이었다.

마르그리트 모레노*는 회고록 중 한 권에서 어느 아르헨티나 동물원의 영리한 원장이 대형 맹수들에게 체내 정화용 개밀을 갖다주곤 했다고 적었다. 변비 완화제에 대한 장章에서 바렌 댁의 지식은 깊이를 알 수 없었다. 또 각종 이뇨제에는 폭넓은 쓰임새가 있었다. 언어의 곡해가 대수였으랴! 바렌 댁은 시나쑥을 '산토닌santonine'이 아니라 '산토닐santonille'이라고 하는가 하면 '젖풀herbe-à-seins'은 '저수지풀clair-bassin'라고 했다. 하지만 그런 실수들은 그를 향한 신도들의 믿음에 흠집을 내지 못했다. '목동의 꼬챙이',

* Marguerite Moreno, 1871~1948. 프랑스의 여배우로, 콜레트의 오랜 친구다. 1903년부터 7년간 부에노스아이레스의 국립예술학교 프랑스 단과를 이끌었다.

그 별것 아닌 산형화繖形花에 대해 애기할 때마다 바렌 댁은 어김없이 야릇하게 외설적인 낌새를 풍겼고, 우연히 근처에 역시나 별것 없는 풀 '목자의 불알주머니'가 있기라도 하면 그 외설성은 한층 강력해졌다. 사랑과 더는 아무 볼일 없는 여자들을 은근한 음담패설에서 떼어놓기는 어려운 법, 이건 내가 훨씬 나중에야 알게 된 사실이다.

종을 혼동하는 일은 없었지만 바렌 댁의 명칭은 뒤죽박죽이었다. 자기만의 발음법에 끼워 맞춘 그 명칭 중 몇몇이 내게 남아 있다. 옛날에는 '흑내장amaurose'*을 위험하게도 할미꽃 독으로 다스렸는데 바렌 댁은 그 흑내장을 '애인amoureuse'이라고 불렀고, 그리하여 옛날식 마취제는 온갖 위험에도 불구하고 최음제로 통했다. 부알로가 라신에게 보내는 한 편지에서 잠긴 목소리를 고치는 데 좋다고 권한 약용 에리시멈**, 일명 '성가대 풀herbe-aux-chantres'을 우리 바렌 댁은 '궤양 풀herbe-aux-chancres'이라 불렀고 처방 역시 그 짜릿한 실수에 따라 이루어졌다.

과학이 딸리면 은밀한 약방문이 거리낌 없이 변통된다. '마녀 풀'이라든가, '아들 풀'이라든가……. 직접 가서

* 눈앞이 까맣게 변하면서 앞이 전혀 보이지 않는 시력 장애가 일어나는 증상이다. 저절로 호전되기도 하지만 영구적인 시력 저하를 일으킬 수도 있다.

** 콜레트의 혼동으로 보인다. 독감을 앓은 뒤 목소리를 잃은 성가대원이 에리시멈을 끓인 차를 마시고 3주 만에 효과를 봤다는 이야기는 라신이 부알로에게 보낸 1687년 7월 25일 편지에 나온다.

보시라. 내 고향에서는 제라늄보다 '제라미온'이 더 많다. 끝물에 피는 제비꽃은 창백해지는데, 그때 이 꽃은 '개제비꽃'이라 불린다. 가녀린 다리 위, 거의 하얀색에 가까워진 바탕색에 연보라빛 잎맥이 드러나 보이는 그 작고 향기 없는 꽃에는 아무도 눈길을 주지 않으니, 2월부터 서쪽과 남쪽의 비탈을 뒤덮는 파란색의 진짜 제비꽃과는 과연 너무 다르다. 우리는 그걸 줄기 없이 꽃만 따서 다락방 그늘에 하얀 종이를 여러 장 깔고 그 위에 펼쳐 말렸다. 그러면 꽃들은 내 고향 집을 그 향기, 내 어머니 시도의 말에 따르면 "좋게 시작해서 나쁘게 끝나는" 향기로 가득 채운 뒤 우리의 가을 감기를 보살펴주었다. 내가 아는 한 약초 말리기를 안 하는 시골집이 없는데, 다만 내 어머니만은 그걸 하는 것을 본 적이 없다. 우려낸 제비꽃에서는 밍밍한 푸새 맛밖에 안 난다고 공언하는 법을 나는 어머니에게서 배웠다. 또 보리수꽃은……. 아니! 정말이지, 보리수가 꿀벌 화산이고 다갈색 꽃 무더기일 때, 금빛 꽃분을 날리는 은밀한 연인이 되어 오렌지 나무와 겨룰 때 그 냄새를 맡으시라,

충분하지 않은가? 끓이면 그게 또 당신들의 열을 내려주는 임무를 맡아준다? 옆구리에 빨간 단추가 달린 작은 사각 상자들에 라벨을 붙여 이름을 써넣으시라, 제비꽃, 보리수, 버베나, 민트, 전동싸리, 오렌지 나뭇잎, 참, 털머위도 잊지 마시고! 그 노란색 털 인형 같은 작은 발이 어떤 고통을 덮어 우리를 보살펴주는지 이제는 잘 모르겠다. 하지만 이름이 너무 예쁘지 않은가! '악마의 가운뎃다리'(상스러운 명칭을 양해하시길)라는 풀이 어디에 쓰이는지도 잊어버렸다. '외과 의사들의 지혜'라는 이름을 자랑하던 풀도 마찬가지, 그 이름도 겨우 떠올렸다.

"저건 어디에 써요?"

나는 물어보곤 했다.

바렌 댁은 수건으로 싸맨 머리를 네 번째 바늘 끝으로 긁으며, 상상의 만병통치약들과 치명적이라고 알려진 수액들을 품고 있는 먼 숲을 향해 두 안경알의 불꽃을 던지더니 답했다.

"안 써."

고인이 된 바렌 댁은 지금도 권위를 다 잃지 않았다.

그의 약초들이 영향을 미치는 지대가 좁아졌을 따름이다. 변비 완화, 유산 후 복통, 수면 장애, '사랑 떼기 풀', 알 게 뭐람! 어쨌든 보다시피, 나는 아직도 그 식물들에게서 몽상의 재료를 구한다.

쇠발 아룸

L'Arum pied-de-veau

말하자면 그건 꽃이다. 말하자면 그렇다는 거고, 내겐 그렇게 보이지 않는다. 어딜 봐서 아룸이 꽃인가? 꽃잎이라곤 없다. 꽃받침 조각도 없다. 초록색 꽃대는 접합부도 이음매도 없이 벌어져 뿔나팔 모양으로 펼쳐지면서 하얀색이 된다. 그런 종류라면 울타리에 흐드러진 하얀 메꽃이 낫다. 아니면 털독말풀, 송이마다 독이 담긴 꽃을 보석 귀걸이처럼 길게 늘어뜨리는 식물이다. 그런데 여러분은 아룸이, 그 수수한 꾸밈새며 꼿꼿함이 좋다며 "얼마나 단순하게 아름다운지,

얼마나 힘찬지" 운운한다……. 내가 지금 여기서 여러분에게 싸움을 걸려는 걸까, 아니면 아룸에게?

극락조화도 들 수 있는데, 그 꽃의 멋과 유혹 역시 나는 의문스럽다. 다복하고 다채로운 그 꽃들이 알제의 생조르주 호텔* 정원을 가득 채우고 있었다……. 짙은 청색, 덜 짙은 청색, 오렌지색이 선명하게 나뉘어 각각의 꽃대 끝에서 공작 깃처럼 펼쳐지는 그 도가머리, '새부리 극락조화'라는 이름에 어울리는 그 뾰족한 부리……. 하지만 그 꽃의 기이한 손가락 모양에서 내가 읽어낸 것은, 시암Siam 사람의 손이 엄지와 검지 끝을 붙인 채 나머지 손가락을 공격적으로 세우고 있는 제스처를 꼭 닮은 모습이었다. 글자를 써서 뜻을 표현하듯, 시암 무용 언어에 따르면 길쭉하고 유연한 무희의 팔 끝에서 그처럼 곤두서 있는 손은 분노를 표현했다. 성난 손, 들고 일어서는 꽃, 어느 쪽이 어느 쪽을 먼저 모방했나?

* 알제리의 수도 알제에 있는 대형 호텔이다. 콜레트는 1922년 봄에 베르트랑 드 주브넬과 함께 이 호텔에 머물렀다.

무희 이트Ith는 아름다운 여자였다. 남장 역을 주로 맡았고, 백묵 가루 분장, 평평하고 시종일관 담담한 얼굴, 두 뺨의 살 사이에서 간신히 빠져나온 작은 코를 하고 있었지만 아름다웠다. 그가 성난 왕자의 역을 맡았던 마임극에서, 매

순간 경이로웠던 그의 손은 엄지와 검지를 붙이고 나머지 자유로운 세 손가락은 뒤로 잔뜩 젖힌 채 '노여움'의 뜻을 드러내 보였고, 그때 나는 극락조화를 떠올렸다.

공감도 이해도 할 수 없으니 다른 식물 얘기로 돌아가겠다. 내게 감동을 전혀 주지 못하는 식물, 서구의 꽃다발들이 영예로이 기리는 식물, 아룸. 내 고장에서 아룸은 축축한 숲속에서 입을 헤벌리고 있다. 다만 그 뿔나팔은 야생 상태에선 언제나 초록색이고, 우리는 그것을 수도승이라고 불렀다. 가장자리가 말린 뿔나팔 한가운데에 자리를 차지한 남근 모양의 갈색 암술대가 설교단에 선 설교자 같았으니까. 그 작달막한 수도승은 냄새가 좋지 않았다. 오퇴이유의 덤불숲에 가면 아직 그를 만날 수 있다. 그를 거기 그냥 놔두시라. 여러분이 그렇게도 좋아하는, 하얀 가죽 같은 큰 아룸의 당도를 알리는 봄의 전령사니까.

탕헤르에서 내가 아홉 달 동안 묵었던 호텔 앞 공터에서는, 그런 곳에 늘 있는 쐐기풀과 주기적으로 나타나는 개밀이 아룸과 아룸 그리고 또 아룸에 자리를 내주고 있었다. 그걸 보면 여러분은 뭐라고 할지? 활달한

현지 꼬마들이 아무 냄새도 나지 않는 그 커다란 뿔나팔을 매일매일 베어내고 짓밟았다. 그저 살 수 있게만 해달라는 이들을 폭력으로 뭉개는 것을 보면 가여운 마음이 생기기 마련. 호텔 앞에 장식처럼 서 있는 직원을 불러 못마땅한 소리를 했더니, 그는 할 일 없이 꼬고 있던 팔짱을 풀어 어깨를 으쓱 들어 보이며 말했다.

"그럴 수밖에요. 잡초거든요."

"불쌍한 아룸……."

그는 벨벳 같은 눈썹을 치켜올렸다.

"나룸 아닙니다. '쇠발'이죠."*

* '아룸'이라는 이름이 생소한 직원은 '불쌍한 아룸pauvres arums'의 연음을 알아듣지 못해서 식물의 이름을 '나룸zaroums'으로 오해한다. 아룸의 한 종인 '아룸 마쿨라툼arum maculatum'은 소 발자국과 비슷한 잎 모양 때문에 '쇠발'이라고도 불렸다.

양귀비

Pavot

가벼운 머리! 게다가 방울처럼 울리지만 전혀 비어 있지 않다. 완숙기가 오면 둥근 화관 아래 한 줄로 늘어선 작은 구멍들이 열리면서 가는 후추를 뿌려 땅을 점투성이로 만들고, 거기에서 다음 양귀비, 다음 해의 커다란 선홍빛 양귀비가 자라난다. 맙소사, 모든 게 어찌나 정연한지. 어째서 우리는 이 완벽한 모습을 본떠 소금통을, 후추통을, 딸기에 뿌리는 설탕통을 만들지 않는가?

초록 앵무새는 그 씨앗을 쪼아먹곤 했다. 하지만

우리가 남겨줬을 때의 얘기고, 우리는 거의 남겨주지 않았다. 잘 익은 양귀비 씨앗에선 쓴맛이 가시고 아편이 함유된 씨의 향긋한 맛이 고여 있으니. 어렸을 때 그걸 한 줌씩 씹어먹은 우리에게 어른들은 회초리 매질이, 소화 불량이, 치명적인 마비 상태가 우리를 기다리고 있다고 으름장을 놓았다. 그래서 우리가 더 많이 잤던가? 잘 기억나지 않는다. 똑같이 새장의 새들과 다투며 집어먹던 대마 씨앗도 부작용이 기억나지 않기는 마찬가지다. 양귀비 특유의 맛과 향은 밀밭의 개양귀비에서부터 기미가 보였고, 약제 전용으로 줄지어 파종된 연보랏빛 양귀비들 사이에서는 더 강해졌다. 화단의 불꽃이자 영광인 붉은 큰 양귀비의 두개골 아래에서는 마른 곡식 부스러기의 귀여운 음악이 곁들여졌던 것을 기억한다.

붉은 큰 양귀비. 선홍색 잔 바닥에 짙고 푸른 멍을 감춘 채 그 중앙부에는 가시털을 곧추세운 덤불을 날 때부터 의기양양하게 품고 있는 이 종은 소심한 영혼들에게 '메피스토'* 취급을 받는다. 하지만 펠릭스 드 방드네스**가 이 꽃을 이용해 모르소프 부인을 육체적으로 정복하려 한

* 파우스트 전설에 등장하는 악마 '메피스토펠레스'의 줄임말이다. 인간을 유혹해 타락으로 이끈다.

** 오노레 드 발자크의 소설 《골짜기의 백합》에서 남자 주인공 펠릭스 드 방드네스는 정숙한 모르소프 부인과 사랑에 빠지고, 청년은 부인에게 꽃다발을 바치며 자유롭게 나눌 수 없는 사랑의 열정을 달랜다. 그 꽃다발 속 여러 꽃 가운데 최음제의 향을 뿜는 꽃으로 양귀비가 언급된다.

것은 헛된 일이었다. 양귀비는 불행한 결혼을 한 그 여인을 무너뜨리기보다는 잠재웠으리라. 그 꽃은 다른 죄에도 이용한다. 그때도 우유병 속에서 푸르스름한 빛을 내며 해쓱한 젖먹이들에게 졸음을 쏟아붓는 일을 맡을 뿐이지만.

나는 큰 양귀비와 그 푸른 꽃가루, 서서히 펼쳐지는 그 비단 꽃잎을 들판과 뜰에 남겨둔 채 떠나왔다. 아주 오랜 후에 파리 한복판, 문단속을 철저히 하는 몇몇 장소에서 그 꽃을 다시 만났다. 그때 그것은 까만 시럽 속에 갇혀 '마약'으로 불리면서 요와 쿠션과 드러누운 육체들 사이 동양풍 파이프 위에서 한 방울 한 방울 신중하게 부풀어 올랐다. 내가 알아볼 수 있었던 그 냄새가 그토록 사랑스럽게, 그토록 완벽하게 나타난 것은 전에 없는 일이었다. 그 자체로 완전한데도 거기 만족하지 않고 송로 향과 구운 카카오 향을 은은하게 머금은 냄새였다.

아편을 사랑하기 위해 아편을 피울 필요는 없다. 갈급한 중독자들의 정신이 아편과 이어질 때 아편은 대체 불가능한 의지처가 될 뿐. 그들의 서글픈 예견은 숫자를, 무게를, 돈을 가늠하고 셈하면서 틀릴까 봐 전전긍긍한다. 반면 아편을 후각으로 즐기며 피우기를 사양하는 사람은 다양한 쾌락을, 즉 차와 담배의 향기가 배어든 몇 시간을, 가끔 비단 침구와 고급 카펫과 우연한 우정을 접할 기회를, 위풍당당한 선홍색 양귀비의 가호를 고스란히 누린다. 그 가호만으로도 밤은 충분히 붉게 물든다.

헬레보어

Ellébore

우리 지방에서, 아니 그 외 다른 많은 곳에서도 흔히 이 꽃은 크리스마스 장미라고 불린다. 하지만 장미와는 비슷하지 않다. 하다못해 들장미, 홍조로 물들어 연분홍색을 띤 그 작은 장미와도 비슷하지 않다. 꽃잎이 똑같이 다섯 장이라지만 그건 다른 모두도 마찬가지다.

자갈 하나, 풀 한 오라기, 낙엽 한 잎도 이 꽃보다는 향이 더하리라. 하지만 헬레보어에게 주어진 소명은 향기를 퍼뜨리는 게 아니다. 12월이 와서 차가운 겨울 안개가 우리를

덮을 때 헬레보어는 자기 능력을 여러분에게 보여줄 것이다. 너무 폴폴 날리지 않고 묵직하게 제법 듬뿍 내린 눈, 추위를 예고하는 서풍이 지나가는 겨울밤, 그런 것이 헬레보어에게 알맞다. 어린 시절의 정원에서 나는 12월 말이 되면 그 겨울 장미가 있을 거라 확신하며 꽃을 덮은 눈의 포석을 들어올리곤 했다.

약속된 꽃, 예기치 않은 꽃, 귀중한 꽃, 엎드려 있을 뿐 살아 있는 꽃 헬레보어는 겨울을 난다. 눈이 무겁게 내리누르는 한 이 꽃들은 달걀처럼 앙다물려 있다. 다만 볼록한 꽃잎마다 바깥쪽에 난 희미한 이슬 자국으로 그 꽃이 아직 숨 쉬고 있음을 알 수 있다. 별 모양의 튼튼한 잎사귀와 꼿꼿한 줄기도 이 식물이 제 감동적인 생존을 온몸으로 웅변하며 드러내는 특징들이다. 꺾어 오면 그 민감한 껍질들의 결합부가 방의 온기에 느슨하게 풀리면서 살아 있음에, 사방으로 흐드러질 수 있음에 행복해하는 노란 수술 타래를 내놓는다. 헬레보어여! 그대가 꽃장수에게 맡겨질 때 그는 맨 먼저, 튤립을 학대하며 해칠 때와 마찬가지로, 그대의 꽃잎들을 함부로 뒤집어 깐다. 꽃장수가 돌아서면

나는 그 불법 침입 작업을 얼른 되돌려놓는다. 집에 와서
목구멍까지 물이, 속눈썹까지 빛이 차오르도록 그대를
보살피면 그대는 수줍은 잠을 마저 잘 수 있을 테고, 그러다
죽으리라. 인간의 손이 내린 운명이 그와 같으니, 따뜻한
눈雪이라면 헬레보어 그대를 아직 삶에 붙들어놓을 수
있었으련만.

일흔다섯 청춘이 선사하는 꽃다발

위효정

콜레트에게는 여러 얼굴이 있다. 평론가이자 작가인 앙리 고티에 빌라르, 일명 '윌리'의 어린 아내, 클로딘 시리즈의 작가, 뮤직홀 댄서 혹은 팬터마임 배우, 모르니 공작의 딸 '미시'의 애인으로서 무언극 〈이집트의 꿈〉에서 대담한 동성애 장면을 연기한 스캔들의 주역, 《르 마탱》의 편집장이자 정치가인 앙리 드 주브넬의 부인, 제1차 세계대전 종군기자, 의붓아들 베르트랑 드 주브넬의 애인, 《셰리》와 《청맥》, 《여명》 등을 쓴 유명 소설가, 세 번째 남편 모리스 구드케를 유대인 수용소행에서 구해낸 아내, 벨기에 왕립아카데미 회원, 아카데미 공쿠르 회장, 레지옹 도뇌르 2등 훈장 수여자……. 1873년에 시골 마을에서 태어나 1954년 파리에서 사망하기까지, 가장 눈에 띄는 이력만 추려도 짧지 않다. 작가, 배우, 기자, 심지어 때로는 카피라이터나 화장품 가게 사장으로 몇 가지 활동을 동시에 해왔다는 사실을 생각하면, 얼마나 파란만장하고 분망한 삶을 꾸려왔을지 짐작할 만하다.

삶의 행적만큼이나 그의 작품 역시 다양한 면모를 지닌다. 선풍적인 인기를 끈 클로딘 시리즈는 당돌한 시골 출신 여성의 신선한 목소리를 프랑스 소설에 끌어들였다는 평을 받는다. 《방랑하는 여인》과 《뮤직홀의 이면》 등에서는 유랑 배우들의 신산한 삶이, 《천진난만한 탕녀》와 《청맥》, 《지지》에서는 관능과 애정을 발견하는 청춘의 순간들이, 《이중주》와 《쥘리 드 카르네이양》에서는 위태로운 애정 관계의 날선 심리전이 펼쳐지는가 하면, 《순수와 비순수》에서는 동성애의 숨겨진 면모들에 대한 성찰이, 《셰리》와 《여명》, 《시도》에서는 삶의 아름다움을 새로이 발견하는 중년 작가의 성숙한 시선이 빛을 발한다. 양도 어마어마하다. 모리스 구드케가 설립한 플뢰롱 출판사에서 1948년부터 1950년에 걸쳐 나온 콜레트 전집에 실린 소설, 산문집, 여행기, 희곡 등의 작품만 해도 열다섯 권에 달한다. 1910년 《르 마탱》에 기고하면서 시작된 저널리즘 활동은 《르 피가로》, 《르 주르날》, 《보그》, 《파리 수아르》, 《마리 클레르》 등의 지면으로 확장되었고, 그중 일부는 《기나긴 시간들》, 《군중 속에서》, 《일상적인 모험》, 《거꾸로 쓰는 일기》, 《나의 창문에서》 등의 제목으로 묶여 단행본으로 출간되었다. 근 40년간 쓴 기사가 천 편이 훌쩍 넘는다고 하니, 그 필력이 놀라울 따름이다.

콜레트의 작품을 관통하는 주제로 사랑, 성, 관능, 자유 등이 자주 언급된다. 그의 개성을 드러내기에는 너무 크고 추상적인 단어들이지만, 끊임없이 변화하며 다채로운 모습을 보이는 작품 세계를 포괄적으로 말하기가 그만큼 어렵다. 그럼에도 어떤 작품에서건 알아볼 수 있는 콜레트 특유의 자질이 있다면 예리하고 섬세한 감각 능력, 그리고 그것을 고스란히 전달하는 신선하고도 적확한 표현력을 꼽을 수 있다. 특히 자연 묘사에서 그의 남다른 재능이 뚜렷하게 드러나고 그중 식물은 중요한 몫을 차지한다.

그도 그럴 것이 콜레트에게 나무와 풀, 꽃은 의식주만큼이나 삶에 필수적인 요소였다. 어린 시절 생소뵈르앙퓌제의 생가부터 몽포콩의 별장, 브르타뉴의 '로즈방Roz-Ven'(바람의 장미), 프로방스의 '트레이유 뮈스카트Treille muscate'(사향 포도 덩굴) 등 콜레트의 작품에서 중요한 배경으로 등장하는 거처들은 언제나 집 건물보다는 거기 딸린 뜰이나 텃밭, 주변의 들판과 오솔길과 숲으로 기억된다. 마지막 거처인 파리의 자택조차 팔레루아얄 정원을 곁하고 있다는 점에서 예외가 아니다.

1952년의 한 다큐멘터리에서 콜레트와 구드케는 그곳이 파리인 동시에 전원이라고 얘기하며 봄을 맞아 꽃을 피운 마로니에 나무의 모습을 기껍게 바라본다.

이 책에서 우리는 바로 거기, 팔레루아얄 정원이 내다보이는 2층 창가 침대에 묶인 일흔다섯의 콜레트를 만난다. 침대에 묶였어도, 그의 펜은 꽃다발에 지지 않는 화려한 생기를 자랑한다.

*

꽃다발은 이 책의 시작점이다. 1947년, 스위스의 출판업자 앙리 루이 메르모가 콜레트에게 일주일에 한두 번 꽃다발을 보낼 테니 그에 대한 답으로 꽃의 '초상' 몇 편을 써달라고 제안한다. 들판의 초목을 그리워하면서도 관절염 때문에 침대를 떠날 수 없게 된 콜레트는 기꺼이 제안을 받아들였고, 1년 후인 1948년에 스물두 편의 글이 묶여 출간되었다. 원래는 초판부터 라울 뒤피의 삽화를 곁들일 예정이었지만, 류머티즘으로 고생하던 화가의 데생은 1951년 호화장정본에야 실릴 수 있었다.

책의 원제는 '식물도감을 위하여Pour un herbier'다. 그러나 스물두 편의 산문이 담고 있는 내용은 식물도감에 실릴 만한 정보와는 전혀 거리가 멀다. 식물도감이 학명, 위계적 분류, 객관적 관찰 및 묘사 등 소위 과학적인 기술 방식을 따르는 반면, 콜레트는 속명과 별명, 심지어는 잘못된 명칭으로 식물을 부르고 각 식물을 실생활 속 상황이나 개인적인 연상에 따라 묶어 다루며 엉뚱한 비유들과 개인적 선호를 앞세운다. 그의 눈에 온실에서 재배된 히아신스와 숲의 야생 히아신스는 아무래도 다른 종이다. 에세이 제목들만 봐도 콜레트가 식물도감의 항목 구성을 모방할 의향이 전혀 없음을 알 수 있다. 봄을 맞는 첫 에세이 〈장미〉와 일명 크리스마스 장미를 다룬 마지막 에세이 〈헬레보어〉 사이에는 〈백합〉, 〈난초〉, 〈튤립〉 등 꽃의 이름을 앞세운 제목이 단연 많지만, 〈등나무의 행실〉이나 〈악취〉, 〈자투리〉 등 다소 별난 제목도 있다. 글쓰기 방식에도 체계성은 없다. 꽃의 외양을 묘사하던 문장은 어느새 기억 속을 헤매고, 그렇게 의외의 샛길로 빠졌던 이야기는 어느 순간 원래의 화제로 돌아오기도 한다. 꽃에게 목소리를 부여하는 〈치자나무의 독백〉 같은 에세이가 있는가 하면, 꽃에 얽힌 신화를 동시대 배경의 대화체로 옮긴 〈관리실 입방아 속 아도니드〉도 있다.

요컨대 이 책은 식물에 대해 박학한 수다를 늘어놓지만 그 박학함은 사전적 지식이 아닌 경험에 기반한다. 추억담, 꽃과 관련된

풍습, 토막상식, 문학적 여담, 심지어 식초 레시피까지 각종 지식이 한데 어울린다. 주를 이루는 것은 단연 감각인데, 앞서 말했듯 그것이야말로 콜레트의 특기이기 때문이다. 난초가 나막신이나 낙지에, 튤립 잎사귀가 약간 처진 귀에 빗대어 그려질 때, 대담하면서도 더없이 적확한 비유들의 시발점에는 날카로운 관찰이 있다. 콜레트의 정밀한 시각은 진정한 푸른색을 하늘이나 바다에서가 아니라 늦은 오후 유리잔 속의 얼음 조각이나 새벽녘 하얀 바다수선화에서 발견한다. 오랫동안 꽃을 '탐욕스레 뜯어볼 줄 아는' 시선은 꽃의 정적인 외양이 아니라 생명 활동과 그 징후를, 이를테면 아네모네가 피는 모습에 서린 '장엄한 결단'을, 동백 수림의 '붉은 등이 한꺼번에 켜지는 순간'을, 또한 '마지막 숨을 내쉬'듯 지는 작약의 죽음을 그린다. 튤립 꽃송이의 '무거운 궁둥이'가 줄기 위에 용케 자리 잡고 있다는 둥, 수선화는 도대체가 스카프 묶는 법도 모른다는 둥, 심심찮게 끼어드는 너스레와 유머도 그 원천은 실제를 예리하게 포착하는 기술에 있다. 또한 그의 식물 관찰은 시각에 그치지 않는다. 치자꽃 향기에서 오렌지꽃 냄새와 느타리버섯 냄새를 분석해내고, 난초의 수액에서 날감자 맛을 가려내며, 큰 양귀비의 마른 씨앗이 내는 '귀여운 음악'에 귀 기울인다. 감각을 총동원하여 꽃을 '알아내기' 위해 정원에 뛰어드는 콜레트의 모습을 '가장 절친한 친구'였던 남편 구드케는 1956년에 낸 회고록《콜레트 곁에서》에서 다음과 같이 전한다.

그녀와 사물의 접촉은 모든 감각을 통해 이루어졌다. 그녀는 사물을 바라보는 것으로 만족하지 못해서 그 냄새를 맡고 맛을 봐야 했다. 처음 가보는 정원으로 그녀가 들어설 때, 나는 그녀에게 말하곤 했다. "또 먹어대겠군!" 작업에 착수하는 그녀의 모습을 보고 있자면 정말이지 기가 막혔다. 그녀는 득달같이 탐욕스럽게 달려들었다. 그 정원을 알아내는 것보다 더 시급한 일은 없었다. 그녀는 꽃에서 꽃받침을 떼어내 샅샅이 조사하고 오래도록 냄새를 맡았으며, 이파리들을 비벼보고 씹어 맛을 보고, 독이 있는 열매들과 치명적인 독버섯들을 핥으면서 자기가 느끼고 맛본 것에 대해 골똘히 생각했다. (……) 마침내 정원을 떠날 때 그녀는 차례로 내동댕이쳤던 스카프, 모자, 신발, 양말, 개, 남편을 다시 거둬들였다. 코와 이마에는 노란 꽃가루가 묻어 있고 헝클어진 머리채에는 잔가지들이 꽂혀 있었으며, 여기는 혹이 나고 저기는 까지고, 화장이 지워진 얼굴에 목덜미는 축축하고 걸음은 비틀거리고 숨은 가쁘게 내쉬는 것이, 영락없이 홍청망청 술판을 벌인 후의 술꾼 모양이었다.

물론 꽃을 만끽하는 성향만으로 훌륭한 작가가 될 수는 없다. 써야 한다. 콜레트는 작가란 어렵고 괴로운 직업이라고 토로하곤 했다. 50년의 괴로운 훈련을 거친 뒤에 쓰인 이 작품은 콜레트의 산문 미학이 다다른 절정, 나아가 프랑스 산문 미학의 전범 중 하나로 꼽힌다. 술술

쓰였다는 뜻이 아니듯, 술술 읽힌다는 뜻도 아니다. 비유와 암시가 촘촘하게 박힌 문장이 복잡하게 얽히거나 길게 이어질 때 독자는 부담을 느끼기 마련이다. 정연하고 논리적인 글 전개에 익숙한 독자는 너무 자유롭게 뒤바뀌는 화제들 사이에서 길을 잃었다는 인상을 받을 수도 있다. 그럼에도 찬찬히 읽다 보면, 문장 굽이마다 복병처럼 숨은 흥밋거리를 발견하느라 지루할 새가 없다. 자유롭게 갈마드는 화제 사이에서 자꾸 갈피를 놓친다고 당황할 필요는 없다. 어쩌면 그것이 꽃과 풀, 나무를 즐기기에 가장 적합한 보법일지 모른다.

지칠 줄 모르고 계절마다 피고 지는 식물은 가장 명징한 생명의 표현이기에, 콜레트는 꽃과 풀과 나무의 자연 상태, 풍요로운 범람의 상태를 가장 아낀다. 그가 꽃집의 완벽한 장미보다 불완전할지언정 담벼락과 울타리를 가득 채우는 장미를 사랑하는 것도 마찬가지 이유에서다. 야생 그대로의 꽃 대신 온실의 꽃으로 만족해야 하는 처지에서 그리운 과거를 떠올릴 때면 씩씩한 그의 목소리에도 어쩔 수 없이 짙은 우수가 어린다. 그럼에도 (혹은 그렇기에) 더욱 돋보이는 것은 콜레트의 강인한 명랑성, 당장 자신이 누릴 수 있는 감각과 경험에 집중하는 건강한 에고이즘이다. 죽음에는 도무지 관심이 없다고 단언하던 콜레트는 “흔한 패배에 불과한 죽음에서보다는 개화의 순간에서 심오한 드라마를 찾는 편이 낫다”라고 말한 바 있다. 이 책에서 콜레트는 그 '심오한 드라마'가 펼쳐질 때마다 최선을 다해 감탄한다. 고운 빛은 어디에서 났을까, 어느 노래는 답도 없이 물었다. 꽃이 필 때 과연 우리는 실없이 내뱉는다. 어쩜 이렇게 꽃이……! 〈'파우스트'〉에서 검은 팬지의 벨벳 색과 감촉이 그렇듯, 말줄임표를 채울 적절한 형용어는 좀처럼 나타나지 않는다. 그럴 때 우리는 꽃의 환하고 예쁜 자태에 감탄하기도 하지만 그런 것이 있다는 사태 자체를 신기해하기 때문이다. 존재라는 가장 큰 신비가 불현듯 우리를 감동시킨다.

콜레트 자신이 〈붉은 동백〉에서 설명하듯, 젊기에 여기저기에 혹하는 게 아니다. 젊었을 때 그를 사로잡았던 것은 늙어서도 그를 사로잡는다. 우리가 놀라고 감탄할 힘이 있는 한 너무 신기한 것, 형언할 수 없이 아름다운 것, 그저 바라볼 수밖에 없는 것은 늘 놀라움을 안겨주며 도처에서 나타날 것이다. 콜레트가 말하듯 갈망, 유혹, 청춘의 관계는 새롭게 규정되어야 한다. 기꺼이 꼬임에 빠지고 휘둘리려는 태세가 곧 생명력의 발현이고, 그때 세계를 향해 열린 눈이 발견하는 에너지를 청춘이라고 일컬어야 하며, 유한한 삶을 선물로 받은 우리는 마땅히 유혹에 흔들려야 한다. 콜레트의 이기적 탐닉이 이타적 공헌이 될 수 있는 것은 그 때문이다. 콜레트의 어머니 시도가 말했듯, 콜레트에게는 "쓰는 재능, 사물들로 독자의 흥미를 불러일으키는 재능"이 있었다. 그는 활기찬 시선으로 피고 지는 세계를 샅샅이 느끼고, 거기에서 얻은 기쁨을 문장에 담아 우리에게 선물한다. 이제 우리는 그를 따라 즐겁게, 각자 자유롭게 세계의 개화를 바라볼 것이다.

*

이 작품은 1948년 메르모 출판사의 '꽃다발Le Bouquet' 총서 43번으로 처음 출판되었다. 1951년 같은 출판사에서 라울 뒤피의 삽화가 들어간 호화장정본이 한정판으로 인쇄되었고, 국립예술사학술원INHA에 소장되어 있던 그중 한 부의 영인본이 2021년 시타델 마제노 출판사에서 출판되었다.

번역의 저본으로는 갈리마르 출판사 플레이아드 총서의《콜레트 작품집*Œuvres*》4권(éd. Claude Pichois et Alain Brunet, Paris, Gallimard, coll. Bibliothèque de la Pléiade, 2001)에서 미셸 뮈라가 펴낸 텍스트를 저본으로 삼았다. 그가 채택한 플뢰롱 출판사의 콜레트 전집 텍스트와 1948년 메르모 출판사의 초판 텍스트 사이에는 몇몇 단어, 철자 표기, 구두점 등 사소한 수정 사항이 있으나 내용상 주목할 만한 차이는 없다. 각주 및 해설은 플레이아드 총서의 전집의 주석 및《콜레트 사전*Dictionnaire Colette*》(éd. Guy Ducrey et Jacques Dupont, Paris, Classiques Garnier, 2018)을 참조했다.

그림 해설

라울 뒤피의 정원에서 피어난 콜레트의 문장

이소영

나는 이미 라울 뒤피를 깊이 들여다본 적이 있다. 그의 회화를 중심으로, 직물 디자인과 삽화, 도예, 벽화까지 아우르며 그의 예술 세계를 정리하고 책《이것은 라울 뒤피에 관한 이야기》를 썼다. 그러나 콜레트의 문장과 함께 있는 뒤피를 만났을 때, 그는 또 다른 빛깔로 피어났다. 익숙한 선과 색채인데도 나는 이 책을 넘기며 몇 번이나 멈춰야 했다.

프랑스 문학이론가 줄리아 크리스테바는 콜레트의 문장을 '언어의 촉각화'라 표현하며 그녀의 글이 자연과 여성성, 감각을 매개로 한 독보적인 문학 세계를 형성했다고 논했고, 비평가 주디스 서먼은 콜레트의 산문을 '감상에 빠지지 않는 관능성'이라 평했다. 실제로 콜레트는 관찰하는 대신 느끼는 방식으로 문장을 구성하기에, 이 책은 읽는 내내 글자가 향기를 풍기듯 글 안에서 피어나는 감각의 섬세함과 동행하게 된다. 콜레트는 식물을 바라보는 대신 식물의 입장이 되어 말한다.

장미는 인간의 욕망을 품은 채 우리가 늙거나 밀려나도 장미 자체를 노래하는 것으로 만족한다고 표현하고, 백합은 그와는 사뭇 다르다. 콜레트는 하얗고 탱탱하게 솟아오르는 백합을 '진짜 백합'이라 부르면서도 그 안에 번식력과 오염, 벌레와 공생하는 감각적인 현실성을 함께 본다. 고결한 외양 아래 숨어 있는 생명력과 불결함을 함께 수용하는 그녀의 시선은, 백합이라는 꽃을 단순한 상징이 아닌 감각의 총체로 만들어낸다.

〈등나무의 행실〉에서 콜레트는 이 식물을 '이백 살은 된 폭군'이라 부르며, 철책을 비틀고 인동덩굴의 숨통을 조여오는 존재로 그린다. 놀라운 건, 그 잔혹하고 힘센 묘사에 이어 등장하는 라울 뒤피의 삽화다. 뒤피는 등나무를 공포의 식물이 아니라 잎과 꽃의 유희로 가득한 선율적 존재로 재구성한다. 마치 콜레트의 정원을 몰래 엿보던 시선처럼, 덩굴은 흐르듯 내려오고 잎은 맑고 투명하게 그려진다.

꽃잎들은 빠르고 리드미컬한 곡선으로 반복되고 붓의 농담과 여백은 식물의 율동을 눈으로 느끼게 한다. 글이 등나무의 폭발하는 생명력을 묘사했다면, 그림은 그 힘을 춤추는 선의 리듬으로 번역한 셈이다. 서로 다른 해석이지만 바로 그 차이가 이 책을 더욱 풍성하게 만든다. 식물의 향, 무게, 계절, 어휘, 심지어 죽음까지도 섬세하게 언어화한 콜레트의 글은, 식물의 생애를 감각적으로 번역한 문장들이다.

콜레트의 에세이 중 〈'파우스트'〉는 특히 흥미롭다. 검은 팬지의 색과 질감 그리고 그 이름에 담긴 낭만적 환상이 문장 속에 짙게 배어 있다. 그녀는 그 꽃잎을 '벨벳'이라 부르며 반복적으로 감탄한다. "오! 이 벨벳……" 하고. 뒤피는 이 감탄에 응답하듯, 깊은 남보라색과 검은색을 겹쳐 칠해, 팬지를 마치 음표처럼 중앙에 놓는다. 그 꽃은 어떤 설명도 없이, 단지 존재로 말하고 있다. 마치 감정이 응축된 하나의 선율처럼.

뒤피는 콜레트의 문장을 시각 언어로 번역한 공저자에 가깝다. 그는 선과 색으로 식물의 리듬을 다시 불러낸다. 가령 백합 꽃병을 그린 장면에서는, 동양화에서 보이는 갈필渴筆의 느낌이 선명하게 나타난다. 먹이 마른 붓처럼 메마른 듯한 선, 그러나 그 안에 감정의 여운이 스며든 선묘. 이는 단순히 윤곽을 잡기 위한 선이 아니라 백합이라는 식물의 고고함과 쓸쓸함을 동시에 드러내는 시선이다. 활기차면서도 자신감 있는 붓의 움직임, 투명하게 겹쳐 칠하는 수채의 농담 그리고 여백이 살아 있는 구도는, 뒤피가 식물을 대하는 방식을 보여준다.

콜레트와 뒤피. 두 사람은 프랑스 예술계의 전혀 다른 지형에서 출발했지만 이 책에서는 마치 오래전부터 한 정원에서 함께 산책하던 사람들처럼 보인다. 콜레트는 제2차 세계대전 전후 프랑스 문단에서 가장 사랑받는 작가 중 한 명이었다. 무대 배우로도 활동했고, 프랑스 1948년 노벨문학상 후보에 오르기도 했으며 프랑스에서 국장을 치른 첫 번째 여성이기도 하다. 국민 작가로 불릴 만큼 대중과 평단 모두에게 깊은 인정을 받았다.《봄의 이름으로》는 1948년 콜레트가 생의 마지막 6년을 보내던 시기에 스위스 메르모 출판사에서 처음 출간되었고, 이후 1951년에 메르모 출판사에서 라울 뒤피의 그림을 넣어 다시 출간했다. 이 책은 그녀의 문장이 가장 응축되고 명징하게 빛나던 시기의 결과물이며, 라울 뒤피가 삽화를 그린 식물 산문집으로도 주목받았다. 그녀는 말년에 이르러 자연과 식물에 대한 깊은 애정을 바탕으로 이 에세이들을 썼다.

그 무렵 전쟁을 겪은 유럽 사회에는 '위안으로서의 자연', '치유의 예술'에 대한 갈망이 퍼져 있었다. 찢긴 일상을 감싸안는 서정적 문장과 정원을 거닐 듯 넘길 수 있는 책들이 사랑받던 시기였다. 바로 그 틈에서 콜레트의 문장은 식물 하나하나에 감정을 부여하며 독자들에게 말을 걸었고 뒤피의 그림은 그런 문장에 생기를 불어넣었다.

라울 뒤피는 1910년대 초부터 문학과의 협업에 깊이 몰두했다. 아폴리네르의《동물 시집》의 삽화를 그렸고 그 밖에도 말라르메, 앙드레 지드 같은 작가들의 문장을 선과 색으로 되살려냈다. 그의 그림은 언제나 이야기와 짝궁처럼 앉아 있었고 그 자체로 또 하나의 문장이 되곤 했다. 특히 콜레트의《봄의 이름으로》에 이르러서는, 뒤피가 오랫동안 다뤄온 자연이라는 주제가 식물이라는 구체적인 얼굴을 갖게 된다. 뒤피는 평생 직물 작업에도 깊이 발을 들였다. 1912년, 리옹의 비앙키니-페리에 직물 회사와 협업을 시작하며 실크와 코튼 위에 패턴을 새겨넣기 시작했다. 그의 손을 거친 자연의 형태들은 반복과 생략, 리듬과 비대칭의 미학으로 재해석되었고, 그 감각은 이제 텍스타일을 넘어 책 속 그림들에까지 스며들었다. 꽃과 잎, 덩굴과 과일은 선으로 단순화되면서도 그 안에서 여전히 살아 있었다. 콜레트가 언어로 만든 감각의 정원에, 뒤피는 시각적 리듬을 입혔다. 패턴을 그리듯, 식물의 감정을 번역하듯.

나는 이 책을 읽으며 식물을 하나의 감정 있는 존재로, 하나의 사람처럼 바라보게 되었다. 그것은 자연을 감상하는 시선이 아니라

성격이 제각각인 친구의 마음을 알아채고 보다 인간적인 감각을 되찾는 일이었다. 콜레트가 문장으로 불러낸 식물의 세계는 말로도, 선으로도 다 담기 어렵지만 그 불가능성 덕분에 아름답다. 그리고 그 곁에 뒤피의 그림이 있다. 꽃잎처럼 경쾌하고, 햇살처럼 명랑하며, 바람처럼 리듬을 품은 선으로 말하는 그림들.《봄의 이름으로》는 그런 두 사람의 경쾌한 대화이자 우리에게는 하나의 새로운 감각 훈련이다. 말 없는 존재들을 다시 듣고, 다시 보는 일. 식물을 통해, 언어와 미술이 얼마나 가까이 맞닿아 있는지를 이 책은 보여준다. 그리고 나는, 식물과 함께했던 새로운 라울 뒤피를 다시 한번 발견했다.

시도니 가브리엘 콜레트 연보

1873년 1월 28일 프랑스 부르고뉴의 마을 생소뵈르앙퓌제에서 태어났다. 아버지 쥘 조제프 콜레트는 군인이었으나, 1859년 프랑스-오스트리아 전쟁 때 마리냐노 전투에서 한쪽 다리를 잃은 뒤 세금징수원이 되었다. 어머니 시도니 랑두아는 첫 남편 쥘 로비노 뒤클로와의 사이에서 1녀 1남, 쥘리에트와 아실을 낳았고 첫 남편이 죽은 뒤 쥘 조제프와 결혼하여 1남 1녀, 레오폴드와 시도니 가브리엘을 낳았다. 콜레트는 온화하고 가정적인 아버지와 자유로운 어머니 아래에서 자연과 벗하며 행복한 어린 시절을 보냈다.

1879년 여섯 살이 되어 공립학교에 입학했고 어린 나이부터 아버지의 서재에서 발자크, 위고, 뒤마 등의 고전을 탐독했다.

1889년 의무교육을 마치고 초등교육자격증을 받았다.

1891년 부모님의 재정 관리 실패로 집안이 파산했다. 콜레트 가족은 11월 생소뵈르앙퓌제를 떠나 큰아들 아실이 막 병원을 차린 샤티용쉬르루앵으로 옮겨가 살았다.

1893년 열네 살 연상의 앙리 고티에 빌라르, 일명 '윌리'와 결혼했다. 파리 출판업자의 아들인 윌리는 영향력 있는 음악평론가이자 작가로, 결혼 전에 얻은 아들을 샤티용쉬르루앵의 유모 집에 맡기면서 콜레트 가족과 친해졌다. 결혼 후 윌리와 콜레트는 파리에 정착했고, 콜레트는 비좁은 신혼집에서 바람기 많은 남편을 혼자 기다리며 향수에 시달려야 했다. 그즈음 대필 작가를 여러 명 고용하여 대중적인 소설을 내고 있던 윌리는 우울함을 호소하는 어린 아내에게 학교생활을 글로 써보라고 권유했다.

1900년 첫 소설《학교의 클로딘》을 출간하여 큰 성공을 거두었다(이 작품은 처음 윌리의 이름으로 나왔으나 재판부터는 윌리와 콜레트의 공동 저작으로 표시되었다). 첫 작품에 이어 1901년《파리의 클로딘》, 1902년《가정의 클로딘》, 1903년《클로딘 떠나다》를 곧바로 출간했고 이 작품들 역시 대대적인 인기를 누리면서 연극으로 각색되어 무대에 올려지는가 하면 주인공을 본뜬 '클로딘 스타일'이 유행하기도 했다. 윌리는 콜레트의 글에 가혹한 평을 서슴지 않았고 경제난에 부딪힐 때마다 콜레트에게 글쓰기를 강요하는 등 둘의 '공동' 작업은 대체로 부당하게 이루어졌다. 그럼에도 윌리 덕분에 콜레트는 아방가르드 지식인과 예술가 사회에 들어갈 수 있었고, 실제로 나중에 콜레트는 윌리가 없었다면 작가가 되지 못했을 거라고 말하기도 했다.

1904년 《민느》,《동물들의 대화》를 출간했다.

1905년 《민느의 방황》을 출간했다. 아버지 쥘 조제프가 세상을 떠났다.

1906년 이 해에 콜레트는 윌리와 별거를 시작했으나 이혼은 1910년에야 마무리되었다. 클로딘 연작의 저작권이 윌리에게 있었기 때문에 콜레트는 경제적으로 넉넉하지 못했고 1912년까지 프랑스 전역의 뮤직홀에서 공연하며 생계를 유지해야 했다. 이 시기 나폴레옹 3세의 조카이자 자신의 무대 파트너였던 마틸드 드 모르니, 일명 '미시'와 연애를 하기도 했다.

1907년 클로딘 연작의 최종편인《감정의 은거》를 출간했다.

1908년 《포도밭의 덩굴손》을 출간했다.

1909년 《천진난만한 탕녀》를 출간했다. 2막짜리 희곡《동지》를 쓰고 콜레트 자신이 주연을 맡았다.

1910년 《방랑하는 여인》을 출간했다. 정치인이자 저널리스트인 앙리 드 주브넬의 신문《르 마탱》에 글을 기고하기 시작했다.

1912년 9월에 어머니 시도가 세상을 떠났다. 12월에는 앙리 드 주브넬과 결혼했다.

1913년 《질곡》,《뮤직홀의 이면》을 출간했다. 이 해에 딸 콜레트 르네 드 주브넬이 태어났다. 콜레트는 딸을 '벨 가주'(아름다운 지저귐)라고 불렀다.

1916년 《동물들의 평화》를 출간했다.

1917년 《기나긴 시간들》을 출간했다.

1918년 《군중 속에서》를 출간했다.

1919년 《밋수》를 출간했다.《르 마탱》의 문예면 담당자가 되었다.

1920년 《셰리》,《햇빛 드는 방》을 출간했다. 이 해에 남편 앙리 드 주브넬이 첫 결혼에서 낳은 열일곱 살의 의붓아들 베르트랑 드 주브넬과 사귀기 시작했다.

1921년 레오폴드 마르샹과 함께 희곡으로 각색한 《셰리》가 마르샹의 연출로 무대에 올랐다.

1922년 유년기 회고록 《클로딘의 집》을 출간했다. 소설집 《이기적인 여행》을 출간했다.

1923년 《청맥》을 출간했다. 레오폴드 마르샹과 함께 각색한 《방랑하는 여인》이 무대에 올랐다. 페렌치 출판사에서 콜레트 전집을 출간하기 시작했다. 내내 외도를 일삼던 앙리 드 주브넬과 결별하고 결혼을 앞둔 베르트랑과도 이 무렵 관계를 정리했다.

1924년 《숨겨진 여자》, 《일상적인 모험》을 출간했다. 《르 마탱》을 떠났다.

1925년 콜레트가 극본을 쓴 모리스 라벨의 오페라 《어린이와 마술》이 몬테카를로의 오페라 극장에서 공연되었다. 마지막 남편이 될 모리스 구드케를 만났다.

1926년 《셰리의 마지막》을 출간했다.

1928년 《여명》을 출간했다.

1929년 《두 번째 여자》를 출간했다.

1930년 《시도》를 출간했다.

1931년 《방랑하는 여인》의 영화화 작업에 참여했다.

1932년	《이 쾌락들……》, 《감옥과 천국》을 출간했다. 파리에 미용연구소를 설립했다.
1933년	《암고양이》를 출간했다.
1934년	《이중주》를 출간했다.
1935년	벨기에 왕립아카데미 회원으로 선출되었다. 모리스 구드케와 결혼식을 올렸다.
1936년	회고록 《나의 습작기》를 출간했다.
1937년	《벨라 비스타》를 출간했다. 《이중주》가 폴 제랄디의 각색으로 무대에 올랐다.
1939년	《투투니에》를 출간했다.
1940년	전쟁을 피해 딸이 있는 코레즈로 갔다가 얼마 후 파리로 돌아왔다. 《호텔방》을 출간했다.
1941년	《이 쾌락들……》을 《순수와 비순수》로 개정하여 출간했다. 《거꾸로 쓰는 일기》, 《쥘리 드 카르네이앙》, 《나의 수첩》을 출간했다. 유대인이던 남편 모리스 구드케가 독일군에게 체포되었지만 콜레트의 노력 덕분에 풀려났다.
1942년	《나의 창문에서》를 출간했다.
1943년	《군모》를 출간했다.

1944년 여러 거처에 따라 삶을 돌아보는 회고록《셋-여섯-아홉》을 출간했다. 사랑에 눈뜨는 열다섯 소녀의 이야기를 다룬《지지》를 출간하여 큰 성공을 거두었다.

1945년 《아름다운 계절》을 출간했다. 여성으로서는 두 번째로 아카데미 공쿠르 회원으로 선출되었다.

1946년 《저녁샛별》을 출간했다.

1948년 모리스 구드케의 플뢰롱 출판사에서 이 해부터 1950년까지 총 열다섯 권의 콜레트 전집을 출간했다.

1949년 《이 모습 저 모습》,《간헐적인 일기》,《푸른 등》,《나이의 꽃》,《낯익은 나라에서》,《고양이들》을 출간했다. 아카데미 공쿠르 회장이 되어 1954년까지 회장직을 맡았다.《지지》가 여성 감독 자클린 오드리의 연출로 영화화되었다.

1951년 오드리 헵번 주연으로《지지》가 브로드웨이 무대에 올랐다.

1954년 《청맥》이 1월에 영화화되었다. 8월 3일 세상을 떠났다. 여성으로서는 처음으로 국장이 치러지고, 유해는 파리의 페르라셰즈 묘지에 안장되었다.

옮긴이　　위효정

고려대학교에서 철학 및 불문학을 전공한 뒤, 같은 대학원에서 불문학 석사 학위를 받았다. 파리 낭테르대학교에서 2024년 〈'나'를 재발명하기: 1872년의 랭보〉라는 논문으로 박사 학위를 취득했다. 클라시크 가르니에 출판사의《랭보 사전》집필에 참여했으며, 옮긴 책으로《랭보 서한집》, 이브 본푸아의《우리에게는 랭보가 필요하다》, 나탈리 사로트의《향성》등이 있다.

그림 해설　　이소영

소통하는그림연구소, 조이뮤지엄, 빅피쉬아트 등 미술 교육 기관을 운영하며 미술 에세이스트로 살고 있다.《이것은 라울 뒤피에 관한 이야기》,《칼 라르손, 오늘도 행복을 그리는 이유》,《하루 한 장 인생 그림》,《서랍에서 꺼낸 미술관》,《미술에게 말을 걸다》등을 썼다. 유튜브 채널 '아트메신저 이소영'을 통해 많은 사람에게 미술을 전하고 있다.

봄의 이름으로

1판 1쇄 발행 2025년 6월 16일

지은이 시도니 가브리엘 콜레트
그린이 라울 뒤피
옮긴이 위효정

편집 백수미 이효미 박해민
디자인 서혜진
영업·마케팅 하지승
경영관리 강단아 김영순

펴낸곳 (주)문예출판사
펴낸이 전준배

출판등록 2004. 02. 11. 제 2013-000357호 (1966. 12. 2. 제 1-134호)
주소 04001 서울시 마포구 월드컵북로 21
전화 02-393-5681 팩스 02-393-5685 홈페이지 www.moonye.com 블로그 blog.naver.com/imoonye
페이스북 www.facebook.com/moonyepublishing 이메일 info@moonye.com
ISBN 978-89-310-2508-8 03860

잘못 만든 책은 구입하신 서점에서 바꿔드립니다.

문예출판사® 상표등록 제 40-0833187호, 제 41-0200044호